总第 29 卷

2021年夏季号

诗建设

主编 泉子

长江出版传媒
长江文艺出版社

诗
建
设
NO.29

目录

杨键作品
《钵》
86cm ×60cm
纸本水墨
2017

开卷

Decoil

诗建设

蓝蓝

蓝蓝，原名胡兰兰，祖籍河南，1967年生于山东烟台。出版有：诗集《含笑终生》《情歌》《内心生活》《睡梦睡梦》《诗篇》《诗人与小树》《从这里，到这里》《唱吧，悲伤》《一切的理由》《世界的渡口》等，中英文双语诗集《身体里的峡谷》《钉子》以及俄语诗集《歌声之杯》，散文集六部，童话六部。曾获诗歌与人诗歌奖、苏轼诗歌奖、袁可嘉诗歌奖、华语传媒文学大奖年度诗人奖等。

蓝蓝

哥特兰島的黄昏·17首

忠　诚

她手指粗糙，生满老茧。

——就是它们
在不确定的琴弦上
克服了偶然。

一支短歌

麦子，我愿成为被你的麦芒
刺痛的叫喊；我愿成为你一阵黄金里
的昏厥；成为你婚礼上秘密的客人
你叶子的绿色情郎，和
滑过我嘴唇的麦粒的恒星。

死　者

没有永垂不朽。没有那些
大理石台阶不被蒙上苔藓的

永存。二月柔软的苞芽会刺破墨水的坚硬
在注定要坍塌的石碑下。
但历史不会提到这些细节：一个人
如何慢慢死去。黑暗压上眼睑。
它曾哭过，为着和所有人
　　　　毫无二致的痛苦。
读书的少年，抑或老人。
无论是谁，此刻
作为一个人，他曾经
有过童年，蹒跚学步
在这个和昆虫、鸟群一同
被召唤来使世界美丽的大地。
而活着的人在恐惧中失去双唇
它们曾是真实的，像死者化为灰烬的手指
像无名的事物转瞬消失——
没有指证者，因此
也没有幸存的人。

一切的理由

我的唇最终要从人的关系那早年的
　　蜂巢深处被喂到一滴蜜。

不会是从花朵。
也不会是星空。

假如它们不像我的亲人
它们也不会像我。

消　失

消失。
比死亡远，比拥抱近。
我接受遗产，你所奖赏的：
　　寂静。

你的赐予，我遵从。

在这横亘的安宁中我拥有
无限的时刻。广袤夜空中的群星。

金色的你的身体在闪烁，到处都是。
金色的你的嘴唇。金色的！

麦田把它逝去的韶光种植在
我命运的屋顶。

短　句

已经晚了。在我
迷路之前。

我喜欢这个——
疯狂。这最安静的。

可以拖着你所经历的来爱我但恐惧于
　　用它认识我。

我将是你获得世界的一种方式：
每样事物都不同因而是
　　同一种。

矿　工

一切过于耀眼的，都源于黑暗。

井口边你羞涩的笑洁净、克制
你礼貌，手躲开我从都市带来的寒冷。

藏满煤屑的指甲，额头上的灰尘
你的黑减弱了黑的幽暗；

作为剩余，你却发出真正的光芒
在命运升降不停的罐笼和潮湿的掌子面

钢索嗡嗡地绷紧了。我猜测
你匍匐的身体像地下水正流过黑暗的河床……

此时，是我悲哀于从没有扑进你的视线
在词语的废墟和熄灭矿灯的纸页间，是我

既没有触碰到麦穗的绿色火焰
也无法把一座矸石山安置在沉沉笔尖。

无　题

我不爱外衣而爱肉体。
或者：我爱灵魂的棉布肩窝。
宁静于心脏突突的跳动。

二者我都要：光芒和火焰。
我的爱既温顺又傲慢。

但在这里：言词逃遁了，沿着
外衣和肉体。

恶　心

痛苦，失败，被隔离的孤独。
他安慰着你的不幸
用叹息和雄辩
抱怨着命运的不公——“为什么是你？！”

“……为什么不可以是我？”
你苍白的嘴唇平静地说。

“这些文章，哦，疯狂的句子，”他睁大眼睛，
“将把神圣的人放置在荣誉的顶端，
无人能及。”他比画着
似乎面前有一座教堂的尖顶。

“愿噩梦继续跟着我！”
你扔掉手里的草茎——

“没有谁能领受这黑暗的尊敬。
它几乎是人类最秘密的丑行。”

哥特兰岛的黄昏

“啊！一切都完美无缺！”
我在草地坐下，辛酸如脚下的潮水
涌进眼眶。

远处是年迈的波浪，近处是年轻的波浪。

海鸥站在礁石上就像
　　脚下是教堂的尖顶。
当它们在暮色里消失，星星便出现在
我们的头顶。

什么都不缺：
微风，草地，夕阳和大海。
什么都不缺：
和平与富足，宁静和教堂的晚钟。

“完美”即是拒绝。当我震惊于
没有父母和孩子
没有我家楼下杂乱的街道
在身边——如此不洁的幸福
扩大着我视力的阴影……

仿佛是无意的羞辱——
对于你，波罗的海圆满而坚硬的落日
我是个外人，一个来自中国
内心阴郁的陌生人。

哥特兰的黄昏把一切都变成噩梦。
是的，没有比这更寒冷的风景。

偏　爱

铁匠最钟爱的是一块烧红的铁。
我知道你偏爱的是我。

砧子告诉过你我的柔弱了吗？

——举起你的铁锤吧——

壁　虎

它并不相信谁。
也不比别的事物更坏。

当危险来临
它断掉身体的一部分。

它惊奇于没有疼痛的
遗忘——人类那又一次
新长出的尾巴。

她

她生了两个儿子和两个闺女。
她有三个孙子、两个外孙女和
没见过面的一个外孙。

他们中有工人、农民
有画家、记者、法官和诗人。

在死后的几十年里
她又生下了五排柳树和一片杨林；

生下了一座小山坡和
里夹河的数条支流。

她也生育鸡雏、牛群
小猫和小狗——她生过一只
漂亮的跛腿驴子。

她继续生下着大路和小路
猎户座最东边的一颗星星。

她生得太多太多：谷仓、芨芨菜
磨坊和门神，以及
　这首小诗。

她生下了大沙埠这个村子。

她是我的姥姥。
她的名字叫董桂英。

纬四路口

整整一上午，他拎着镐头
在工地的一角挥舞

赤裸的脊背燃烧起阳光
汗珠反射肌肤和树荫深处的愤怒

整整一个上午，刨土声平衡着
夏天与寒冷之间的沉闷叙述

更大的喊叫来自搅拌机，石头和一部分
冷漠的听觉在那里破碎

我的注视是一阵剧痛：
他弯曲的身体，丈量台阶的卷尺

而此前，我恍惚看到一支大军
行进在他粗壮脖颈和双臂的力量中

一瞬间我以为身边的楼群
是树林，是鸟在黑暗里……而

我的脑袋撞到想象力的边界：整整一上午，他
像渺小的沙子，被慢慢埋进越来越深的地桩。

如果我消失

如果我消失，那空洞就造成
一个更大的我。

虚空吞噬我。
唯有此，在绝对的虚无里
时间不动，在
一个逐渐扩大的空洞中。

——何来我？
那万千之他的我。

诗的样子

不是自来水和水龙头。
你懂我的意思。

是涌泉。是水桶。
是打滑的石台。
是长长垂下的湿漉漉的绳子。
是黑暗和焦渴向下掘出的
深深的井筒。

这并不容易被看到。

那些云和星星。
那些探进来的
惊喜或绝望的脸。

我是谁?

我不是一个,
不是半个。

我是你,
或者他。

我是两条线交叉的
那个点

至少。

诗的伦理与伦理的诗

——关于蓝蓝诗歌的阅读札记

杜鹏

在笔者看来，诗人之所以成为诗人，一个很重要的因素就是他们在某种程度上来讲都是被语言所选择的人。乔治·斯坦纳在《沉默与诗人》一文中说，“语言为了自身必然的生命，找到了粗糙脆弱的人作为载体”，而诗人作为“粗糙脆弱的人”中的一分子，天然地受到诗歌伦理的召唤，他们有义务让自己的语言精致起来，甚至在必要时，强悍起来。一旦诗人面对个人情感受到外部因素冲击时（无论是来自家庭还是社会），也就是考验其诗歌语言强悍程度的时候。真正强悍的诗歌语言，其呈现出来的状态并不一定是优美或华丽的，却拥有一种特殊的活力。这种活力虽源自诗人的情感与道德，却同时也不为情感和道德所绑架。 它既是一种永远在讲述的话语，同时也是一种带着望远镜又带着后视镜的话语。最重要的一点是，它是一种能够随时维护诗歌之正义的话语。而在这种话语的语境下，“诗的正义”和“人的正义”往往会有意识或无意识地联起手来，形成一种特殊的伦理。而本文所要谈到的诗人蓝蓝，就是这样一个拥有强悍诗歌语言的诗人。在这篇阅读札记里，笔者试图用一种零敲碎打的片段式写法，来记录对蓝蓝诗歌的阅读过程。

《偏爱》

之前在美国上创意写作课的时候，老师特别喜欢说这样一句话，就是“hammer your lines”，翻译过来就是“锤炼你的语句”。在蓝蓝的这首《偏爱》里，诗人与她的词语合二为一，像“一块烧红的铁”。当这块“烧红的铁”面对着铁匠的“偏爱”的时候，语言的强悍在铁锤的“偏爱”之中诞生了。

《壁虎》

很多时候，生活的诗意就在于不知道是生活入侵了诗歌，还是诗歌入侵了生活，比如蓝蓝的这首《壁虎》。当我最近一次读到它的时候，我正捧着蓝蓝的诗集在家里的洗手间泡脚，而泡脚盆旁边刚好就有一只壁虎，而且是一只断了尾巴的壁虎。这只“并不相信谁，也并不比别的事物更坏”的壁虎在进入我的生活之前，提前断掉了自己的尾巴。或许，对它而言，我的存在，就意味着危险。最后，我用纸包住了这只壁虎，并把它扔到了窗外，却记住了这首诗。

《她》

在蓝蓝很多作品中，我看到了一种近似于惠特曼式的承担能力，而这种能力在当代诗人中是颇为罕见的，这首《她》便是其中的典范。熟悉惠特曼诗歌的读者或许都能感受到，阅读惠特曼的过程其实很像是在一个诗人的身体上阅读一片大陆的过程。惠特曼强大的承担能力，用诗歌的躯体为我们展现了一种肉体化的美洲大陆。而蓝蓝的这首《她》把自己的抒情对象从具体的个人展开到这个人身后的整片土地，最后在诗的结尾，用“她是我的姥姥。她的名字叫董桂英。”这样一种陈述的方式回归到了具体的个人。这种用某个人去为一片土地命名的抒情方式，使得整首诗有了一种精确的情感。而这种精确而博大的情感，既是具体到物的，同时也是可无限延展开的。读者通过这样一首悼亡诗，既可以感受到一种蓝蓝与其亲人之间私密的感情，也看到一片肉身化的北方大陆。

《纬四路口》

作为诗人，本身就具有像费林盖蒂所说的“赋予无声的街道以声音”的使命，而这首《纬四路口》却为一条有声的街道赋予了一种沉默的声音。我曾经在纬四路上住了近十年，我对那条路最深的印象之一就是那里似乎永远都在施工，虽是条不大起眼的小路，却总是吵吵闹闹的，像只学不会休息的小麻雀。蓝蓝的这首《纬四路口》，通过对修路工人的观察，赋予了这条充满了工业噪音的路一种安静的力量。这种安静来源于这位“像渺小的沙子”一样被忽略掉的修路工人，而这种近似于天然的忽略使得诗人的“注视”看起来像是“一阵剧痛”。在这里，一种沉默的声音在这“注视”之中诞生了。

《忠诚》

蓝蓝的这首不到三十字的小诗，包含了几种不同维度的诗歌伦理。且先读第一句，“她手指粗糙，生满老茧。”在这句诗里，这个“她”既可以是一位操劳的母亲或妻子，也可以是一名普通的劳动者，又可能是一名手艺人或艺术家（在茨维塔耶娃的笔下，她将诗人比作手艺人）。当一位操劳的母亲或妻子面对着“不确定的琴弦”时，她所面对的是家庭伦理，需要克服的也是家庭中的“偶然”；当一名普通的劳动者面对着“不确定的琴弦”时，她所面对的是生活，需要克服的也是生活中的“偶然”；当一名艺术家或诗人面对着“不确定的琴弦”时，她却要用它来发声。用艾略特在《诗的三种声音》里面的话说就是，这种发声既可能是自言自语，也可能是对着听众，更有可能是创造了一个戏剧人物在发声。而无论是谁在发声或者如何在发声，都需要有一种绝对的“忠诚”，才可能在这声音的载体（也就是这“不确定的琴弦”）上“克服了偶然”。

《矿工》

我一向认为有两种抒情诗最难写，一种是涉及苦难和悲剧的，还有一种是涉及亲情和爱情的。前者容易写“伤”，后者则容易写“腻”。这首《矿工》就是一首“哀而不伤”的典范。在笔者看来，这首诗有两条线，一条是明线，还有一条是暗线。它的明线是蓝蓝借着写矿工来写那些被我们所忽视的“剩余”和由这些“剩余”发出的“真正的光芒”。但是，如果一首抒情诗只有这一层面的意义的话，那就很容易沦为说教。于是，蓝蓝作为一名真诚且老到的诗人，还为这首诗设了一条暗线，就是诗人眼里这满身都是煤屑的矿工是“地下水正流过黑暗的河床”，那矿工眼里的诗人又是什么呢？矿工对诗人以及美的忽视，或许是源于他们对工作以及生活的重视？当一名诗人的目光被迫被现实反弹回来的时候，一种新的张力就这样诞生了。

《如果我消失》

艾略特在《空心人》中写道："世界就是这样告终，不是嘭的一响，而是嘘的一声。"（裘小龙译）如果说艾略特的《空心人》的这句诗是在为"消失"赋"声"，那蓝蓝的这首《如果我消失》则是在为"消失"赋"形"，把一个实体的"我"，转化为了一个空洞的"我"。而这个空洞的"我"像是被吹成一个气球似的，被"虚空"填满，从而逐渐慢慢上升到"一个逐渐扩大的空洞中"。

《我是谁？》

与其说这是一首诗，不如说这是一个诗人的自传。这首诗的结尾尤为精彩，一个简单的"至少"，就激活了前面的所有句子。因为有了"至少"，所以"我是两条线交叉的/那个点"显得不那么浅薄；"我不是一个，不是半个"显得不那么呆板。可以不夸张地说，这区区两个字，就使得一首看起来即将垂垂老矣的诗，重新奔跑了起来。

《诗的样子》

经常在饭局或者其他聚会中遇到有人对诗人提出诸如即兴作诗这样的要求。他们迷信那种所谓的"斗酒诗百篇"，相信诗人的语言就像是百万富翁兜里的零钱那样，取之不尽用之不竭。而蓝蓝的这首论诗之诗，或许就是对那些迷信诗人的脑袋就像"水龙头"一样的人的回应。我本以为诗到"这并不容易被看到"就结束了，没想到最后的三行诗直接把这首诗从"井筒"之下拽到了"云"和"星星"之上，让原本的一首"挖掘"之诗转化成了一首"上升"之诗。

结语

我曾经和很多诗人都谈到过，蓝蓝是我认识的诗人中不多的我希望她的诗集能够畅销的诗人。如果她的诗集能够多卖出几本，那么整个诗歌生态或许就会好一些。我之所以这么说是因为蓝蓝是国内当代诗人中不多的既能够很好地保持其艺术伦理，还能够深层次地触及公共的经验与情感的诗人。在蓝蓝身上，既有"一间属于自己的房间"（弗吉尼亚·伍尔夫语），还有一片她走过的土地和她一直爱着的那些生活在土地上的人们。她在土地和书房之间来回穿梭，并始终保持博爱。

杨键作品
《钵》
39cm×28cm
纸本水墨
2017

诗选

Selected Poems

张曙光

当白日梦发出长长的尖叫·10首

当白日梦发出长长的尖叫

所有的预期都被打破了，但日子仍会在那里
拖着彗星般长长的尾巴，目光迟滞地看着我们。
垃圾箱胀鼓鼓的，带着每个家庭特有的气味
和隐秘。悲伤被巧妙地掩盖。女贞子树开始变绿，很快
春天会像瘟疫一样轰的一声爆发。

它的全身会缀满白色的小花。
像殡仪馆。或一块涂满奶油的生日蛋糕。
“许个愿吧。”事实上有更多的事情要我们去做
但最终会被时间出卖，尽管
一切看上去恰如其分，像餐盘在碗柜中

整齐地摆放，直到存在显现出自身的轮廓。
冰冷而乏味。电水壶发出尖叫。水流
缓缓地注入明天的器皿。好几天忘了洗脸。
车子上积满灰尘。一只流浪猫在挡风玻璃上
留下脚印，像一朵朵桃花，但颜色灰暗。

“意义被阻断之时……”

意义被阻断之时，思考才会
真正开始。雨滴在窗子上恣意涂抹
弄疼玻璃的皮肤。咖啡在杯子里

杯子在茶几上。远处的加油站
隐没在意识的风景深处。在雨中树木
看上去是灰色，有一点绿，但最终
是灰色。你整理着那只行李箱
小心折叠好心情，不让它出现褶皱
尽管注定会被石化。握紧方向盘
现在我们就要开始一段奇妙的旅程
携程网将会为你提供优质的服务
梦喃喃自语。你不知该说些什么
鱼缸是透明的，死亡只是小小的插曲
道路像一根竖起的手指，指向虚无

“存在被一只手……”

存在被一只手撕下
像一张草图，扔进废纸篓
在虚无中划出一条
近乎完美的弧线

这是一个致命的错误
有关公主和食蚁兽
你试图在二者间找到某种
隐秘的联系，但要走很多路

直到月亮像一柄叉子
叉在深蓝的夜空
尖叫声被封在密室的墙中
上面满是色情的涂鸦

让·热内①

我剃光了头发。看上去像一个罪犯。
但比起罪犯我要更帅些。
当然，有些罪犯也都很帅。
他们之中也有天才，比如让·热内。

他偷窃，是想写那本《小偷日记》，
还是为了其他的原因，然后才写了那本《小偷日记》？
现在天气开始转暖，树也在考虑着变绿。
动物发情，所有的河流水波荡漾。
我喜欢这样的春天，也同样喜欢《小偷日记》。
让·热内也剃着光头。看上去像一个罪犯。
事实上他就是一个罪犯，尽管他后来成了作家。
他似乎比我更帅。尽管他是一个罪犯，后来成了作家。
他说犯罪是出于反叛，而写作是更好的反叛。
他——幸好——死于1986年。那一年我三十岁。
我每天骑着一辆破自行车上班
边骑边想着写诗。我渴望有一间屋子，带有
镂花的阳台，和两个有着犯罪冲动的女仆。
当然要漂亮些。那一年我没有剃光头发
看上去一点也不像是罪犯。

①让·热内（1910-1986）：法国作家，著有《小偷日记》《女仆》《阳台》等。

静　默

有时我真愿变成一块石头。
不是唯灵论者笔下的石头，而是
唯物主义者眼中的石头。
它裸露在风中，没有生命。
它从不说话，也从不会去思考。
不会在天空中飞，只是永久保持沉默。

“小区里的一些花树…”

小区里的一些花树开过了
还有一些正在开，或预备在开
每天午后我在这里散步，伟岸
坐在轮椅上晒着太阳。天气再度转暖
但病毒仍然猖獗。我一边走路一边

听着喜马拉雅，或和朋友们通话
想象着他们说话时的表情。微风拂过
花瓣纷纷落下。是谁安排了这一切？
我是说这些美好的和可怕的事物
或许这只是人类的区分？昨天我睡得
很晚，试着译了几首托马斯·萨拉蒙
我越来越不清楚为什么写诗，乃至
为什么活着？我们匆忙度过一生
像花开一样短暂。相比于我的生命
我的诗注定不会活得更久，这让我宽慰
我选择了孤独。我只想让它陪伴着我
（还有那些花，我不能完全叫出名字）
而不必在乎世俗的荣耀和白眼
生命只是时间的胎记，诗歌也是
它们在逐渐收拢起自身的光线
就像眼前的山楂树，开出雪样的花朵
并不炫耀，也不想照亮谁的眼睛
绽放，凋零，然后进入夜晚的沉寂

我和世界之间隔着一扇窗子

我在踱步。我思考着我是否是一个
怀疑论者。然后我走到窗子前面
看见蓝得透明的天空，几棵树，树上
落着几只鸟。我看见云朵的羊群奔跑着
仿佛被无形的鞭子所驱赶。我看见街道
像一道道沟渠，孩子们彩色的纸船
从上面漂过。我看见一支迎亲的队伍
和送葬的队伍交错而过。一位老人
坐在公园的长椅上，在夕阳中沉思，也许
是在打着瞌睡。恋人们挽起手臂，走在
月光下面。而在这样的时刻，寂寞的人
将会变得更加寂寞。白杨树的叶子
在风中哗哗翻动，投下淡淡的阴影
这是小旅馆。这是超市。这是公交站台
这是加油站。这是人行通道和停车场

这是比萨屋和鲜花店。这是白天和夜晚
这是声母和韵母。这是名词、动词和形容词
这是可见的世界，美好，或不那么美好
你无法选择。但此刻我仍然在踱步
思考着我是否是一个确定论者
因为我知道，在我和世界之间
始终隔着一扇窗子。透过它我看到
有关它的一切，却无法真正触摸

界　限

锦鲤消失了。死去
或游向大海。
那里不是天堂，尽管
你曾以为是。

水泥砌成的水池干涸。
割草机的轰鸣声
混杂着午后的暑气。
鼠尾草困倦地抖动，

模拟着蜡笔的笔触。
我们寄生于时间
并且对抗时间，
——尽管仍然是徒劳——

直到夜色变得深浓。
我触碰它的皮肤：
柔软，光洁，沁凉。
轻盈地升起，像一个球体。

情　话

我用语言描述这个世界
这个世界或一粒沙子。

此刻它正在我的鞋子里，
硌痛着我的脚。
我是这个世界唯一感受到它的人，
而对于我，它却是整个的世界。
我用语言描述着它。这是我和它
以及这个世界之间的情话。

关于诗

思想是带枷地行走
在语言泥泞的小路上
迈着沉甸甸的步子

而诗歌不是思想
不是情感，甚至
也不是语言

诗是舞动，是狂欢
是语言弗拉门戈舞者的一连串身影
伴随着吉他、响板和忧伤

然后是长久的空寂
四十多年前，或者更久
当我在一个小镇上

用绿色的硬皮本
记录下笨拙的诗句
后来有很多事情发生

我目睹着时间所做的一切
一些人死去，另一些出生
奇怪的是它仍然存在

它不是思想和情感
也不是语言，只是
逝去岁月深沉的回响

宋琳
曲园说诗·7首

曲园说诗

——为曲青春而作并致座中蓝蓝、茱萸、夏汉、李双、秋水、智啊威、颜军、华樱诸君

一

曲径并不通向哪里，每宛转一次，
都为了让你多多停留，从容治步。
洞府之中又有洞府，“藏天下于天下”①，
一座玲珑的丘园是世界的拓扑。
花，一时明白起来，又与我同寂，
吾丧我，花非花，相看不厌，俱忘于
哪怕扰攘随后而至的一晌功夫。
话语又岂能像高速公路，往而不返？
交叉，应和，反诘，言语当对，
恰如这园中各得其所的事物。
“说错一句，即堕野狐”②，友人发笑：
“念错一句热爱的话语又算什么？”③

二

锦鲤吹浪，池水映出一个秋凉，
石头也会作揖，不信请去问米芾。
主人是一座玉山，卧游于云深不知处，
它的姿势是自在，磊落又殷勤，
让你摸，让你抱，让你倚，让你坐。

云根兄，天外来客，诗性的基础，
我们的体内沉淀着相同的铁元素，
倘若以坚白论，就错过一个绝妙的隐喻。
是的，石头只是石头，要成为别的，
除非点化的圣手。语不干典的封印：
世纪的紧箍咒，揭开，你就会听见
十万只狮子悲愤地朝天吼。

三

殊胜的一天！凡说出的都渴望生根，
像朴树、青藤，或栽在石头上的兰蕙。
“筷子指向食物”④，而我们吃诗歌，
你看那《文苑图》中的人物，先在的，
情采各异，当他们沉默，边界就扩大。
变，源于不变。或许开端就埋在这中原地下，
圆的、燕子的卵，一个被梦见的太古，
不可方物，正等着我们去叩问呢。
那么，当代诗的处境是否像容膝庭中那棵
无花果树？隐迹的技艺，旁逸斜出。
看不见授粉又如何？未济⑤又如何？
“请呈佹诗⑥”，当诗道碎裂为方术。

①语出《庄子·大宗师》。
②语出《五灯会元》。
③语出张枣《秋天的戏剧》。
④语出罗兰·巴特《符号帝国》。
⑤未济为《周易》的最后一卦。
⑥语出《荀子·赋》。

那厢留言

——给吕德安

听见日出的声息我起床，
崖石独坐，海水在下面泼墨。
昨夜对酌谈了些什么？

某年一起投宿的鼓浪屿？
女贞子与黑松曾款待过我们，
现在它们在南风中婆娑。
大担岛浮起来，像睡足了觉，
要一口吞下东海的座头鲸。
我欲向你道个早安，
忽有野鸽群从曾厝垵飞来，
想让我也看看它们的腋窝[①]吗？
我先行，今天有一段路要赶。

①参看吕德安《曼哈顿》诗："如果我还惊奇地发现，这只鸟/翅膀底下的腋窝是白色的/我就找到了我的孤独……"

访陈寅恪故居

12月2日，与吕德安、凌越、黄礼孩、嘉励诸君携行

白色小径铺向门前，
斜阳穿过棕榈与修竹，
斑驳既如豹隐，
南枝犹似立雪。
人去楼空，蹑足中
忽闻低吟——
"高楼冥想独徘徊"。[①]

你端坐在暮年的照片里，
盲目而膑足，
嘴角紧锁着一个气候。
陈列柜里那部
《柳如是别传》，
你未见过的，
只因落在钱氏旧园的一粒红豆，
遂拈出一段三百年的公案来。

噫！"托命于非驴非马之国"[②]
何以自遣？

当猧子群吠[3]盖过了河东狮吼，
你自信于韩碑虽被磨去，
斯文不可湮没。
那么，“刺刺不休，沾沾自喜”[4]
之说偈，
又如何叫蚌蛤[5]参破？

唏嘘！我生也晚，
恨未蒙亲炙。
在你离世后半个世纪的今天，
“追悼前亡，唯觉伤心”，[6]
更悚惕于几番
过门而不入。

①陈寅恪诗句。
②语出陈寅恪《俞曲园先生病中呓语跋》。
③陈寅恪《无题》诗有“猧子吠声情可悯”句。
④见《柳如是别传》书末。
⑤陈寅恪有诗云：“食蛤哪知天下事”。
⑥语出庾信《伤心赋》。

工作室

在高大的楸树后面，洱海
舒服地躺着，沉浸在云朵投下的凉意中。
越过窗帘、枝叶和一层层屋顶，
我的目光仿佛被它深深地催眠，
直到在一个句子中醒来。
我靠在扶手椅上像一个水手，上岸多年
依然感觉到阵阵晕陆。
书占据了一面墙，听得见
它们的呼吸，我在里面游泳并渴望着
淹没。只有当肘支在桌子上，
我才开始了入定，另一个我，那陌生人
更自由也更不驯，从我的色身离开，
像燕子，穿越电脑屏幕，千里迢迢，

去造访故人，或潜入未知之地探秘，
并懂得适时回来。

我喜欢无所事事的时刻，
喝茶，听音乐，观看落日的时刻。
飞机沿着对岸的山丘缓缓降落，
提醒我这里并非世外桃源，
它只存在于相信理念的哲学家的头脑里，
荒凉如火星表面的无人区。
有人敲门，我知道那提着工具箱的修理工
必定不是王维。打开钢琴
（一个慷慨的朋友越海送来的），
一边乱弹，一边想着失去音准的词，
同样需要一个出色的调音师，
我有他的电话号码，却迟迟未拨打。
太热爱冥想，因此在暑热中耽迷得过久，
急迫的雨破窗而入，对我实施营救。

“工作与生活在同一条街”
我感到知足，佩索阿并不叫我妒忌。
往返于散发沥青味的途中，渐渐老去，
记忆时常从穿蓝色校服、叫喊着
奔出校门的学生的侧影，
从巡警的倒车镜中回眸。征兆之虹升起，
给予灰色的日子一种奖赏。
但孤寂依旧，烦躁、伴随着怀疑的愤怒，
对偶像和本可成为大师的同辈
深深地失望。时代的分裂症在加剧，
眼看朋友成为不知所云者，
滔滔的话语如防洪堤决了口，
漠然于别人的受难。

太多的债务要还，我指望活得长久，
为一个更敏捷也更多能的我招魂，
并非每次都能如愿。
伟大、高贵的死者睡在天花板上，
他（她）们不时醒来，

耐心地倾听我，不会突然转过身去，
安慰我，纠正我，教导我如何
安于现实的混乱、未来的不可知。
窗外，马车响着铃铛在呼啸的车流中驶过，
车夫，我夜间散步时遇见的年轻人，
双腿叉开，悠闲地吹着口哨。
就在前天他的伙伴出车祸去世了：
“人不能活在愧疚中”，他喝了酒
扔下那句没头没脑的话，消失在街对面，
在蓖麻丛与金龟子的夜色里。
我写诗，对死亡并不懂得更多。
无常，祈求你慢些追上我们，
祈求你宽赦我们手里的活计！

从一次不得不做的旅行归来，
暗自庆幸在我的洞穴里，光并未消逝，
每一件小摆设中的精灵都出来，
欢迎我，绕着我飞。
秋海棠花落在花盆里，重复着
轮回的秘诀，总有一些散逸在外，
被浪费，或通过一只服务之手完成
卑微之物对生生不息的赞美。

雨季来临

苍山躲进雾中，来自深谷的每一条溪
都涨满了雨水。我熟悉其中的几条：
清碧、桃、莫残、隐仙……
圆石像蟒蛇产下的巨大的卵，
被击打，但恪守着古老的秘密。
每一条溪都急切而欢乐地奔向洱海，
仿佛赶赴一场久违的鱼塘会。

胖胖的云在天空挤进挤出——
这些开朗的妇女，说着笑话，

擦洗着供桌与花窗。污迹总是擦洗不完。
蓝桉和野百合的气味弥散进雨中，
蜘蛛网晶亮，蝴蝶的翅膀变得沉重。
有一只贴在泥里，美丽的花纹
伪装成鬼眼，曾骗过旱魃。
短暂的美，比一声叹息还要短。

早晨，众鸟洗过澡，练习合唱，
戴胜甩着头冠，加入雄浑的低音部。
野火烧秃的山峦，一块伤疤
开始愈合，松茸冒出头迎接灌顶。
水灵灵的蔬菜，路上行人的喜悦。
清真寺的诵经声越来越高亢，盖过雨点
和兵营的号角。奇痒突然消失。

多尔多尼之夏

给胡冬

> 多尔多尼！我在那里的时候，
> 有一个百夫长来巡察土地，
> 仙女们跟随着他。
> ——埃兹拉·庞德《Ur-Canto 2》

多尔多尼河绕过贝纳克城堡，
向宁静的远方流淌，流淌。
石窟的眼睛忧郁地望着一只红隼，
消夏的人来自巴黎与伦敦。

我们自制的钓鱼竿伸向水面，
那百夫长远远坐在凉亭里，
他不开心，因为老了，因为仙女们已离去，
而他的患痴呆症的儿子围着我们转，
快乐地叫喊：Poisson！Poisson！
直到天色暗下来，我们往回走，
又饥又渴却感觉尝到了一口蜜。

“我顶住了流亡！”庞德的一行诗
一整天都在脑子里不停回响，
是的，他有底气这么说。
他徒步走过的奥克地区记得
经过改造的、来自中世纪的音乐。
诗人的形象：一头在笼子里
翻译《论语》的狮子，
一头因误译而付出高代价的狮子。

凯特开车，我们高谈阔论，
累了就唱歌，反复回旋的色情小调。
沿河漂流的人们的桨叶在阳光下闪烁；
集市广场上，一个鲜艳的妓女
端着咖啡杯走来走去，像骄傲的红桃J，
像厨房里等着下锅的塞壬鱼
游回了泡沫翻卷的水里。

我也曾在冰冷刺骨的湖中游泳，
躺在水面上，等待小腿的抽筋消失。
云的大帆船在我头上缓缓移动，
我不知道自己是如何得救的，
不知道是什么将我推回到岸上。

三都澳

深深的避风港。我父亲在岛上
度过他的中学时代。
我注视一张发黄的旧照片：
六个民国时期的教师站在校舍前，
其中一位身穿和服，手持文明棍。

海关大楼的拱形窗开向大海，
赫德[①]的属下（另一个英国人）
曾坐在窗前，戴着金丝框眼镜，
被嗡嗡作响的电风扇吹着。
修女们走过中街去看美国军舰，

那是1948年，太平洋战争的烈火
正在不远处的外海燃烧。而现在
刺桐花耀眼，荔枝甘美。

翠绿的斗姆岛。游人钻进海螺石听海，
我眺望着与父亲一道眺望过的港湾。
疍人的渔排屋毗邻着，漂浮在海上。
一座没有街道和行人的城市，
一座丢失了记忆的城市。

①罗伯特·赫德（1835-1911）：英国人，1861年至1908年任中国海关总税务司。

余怒
碰撞记·1首

碰撞记
——献给惠特曼兼致张执浩

当我渴望驾驶一部货车时我对碰撞没有经验。
之前在游乐场我驾驶过碰碰车。为幼稚脸红。
望着车里的人听着他们呻吟觉得他们
既奇怪又可爱因为车子尚未发动他们
的紧张像待宰的牛一样傻。
天气不错带我去捕捉——我喊道。
这种羞涩的侵略性是他们无法抗拒的——我知道。
拥抱一下。思维跟着打转我们碰碰。
我也有过朋友我和他们赌过一些
他们认为值钱的东西一块瑞士表一枚
运动纪念章一盒1980年代
的旧录像带一册小黄书一个姑娘在多年前
情意绵绵的信中许诺过的吻薄脆的
纸上的吻。你好年轻的
投机分子。满世界闯荡带着温馨
的跨国资本。嗡嗡嗡。夜里一通不知什么人
打来的越洋电话。酒徒对着啤酒瓶
叹气而后吹气惊羡那一阵阵泡沫。
扔了它们扔了它们。而扔了它们那些
喜欢搂着软靠垫发呆的痴情女郎会
怎么想尤其是我的医生会怎么想?
笑眯眯地站在一个地方就止不住似的

不停地晃动着的他说：保护好你的视神经在
尝试过多种麻醉之后还可以眨眨眼。
（于是我顺从地眨眨眼。）
他一直在晃动中不顾我的感受。
感情投入太多了我们有强迫症我们
离不开床和安置它的房子。放大它们
的作用将之看作一部旅行房车或一个
四处被驱逐的流亡政府跟着它们
移动或搬迁带着我们的恋人。这也很傻。
政治是个什么东西——与透明的恋爱相比较？
一排落地窗户围绕着房子：视野好得很。
（我躲在窗帘后面往欢快
的游行队伍里扔糖果他们一路
唱着歌没有人停下来捡糖果。）
噢恐惧本来就是一束花以
闷热约束它以最少的寒冷的代价
吸收它以神秘的大人物他的机要
秘书游人们和爱国诗人们的赞美编织它。
建立松鼠与松果般的关系类似
社交平台与匿名其间偷着乐的我们。
一件迷你的玩具礼物。用自由
打造的恐惧。狭小空间的装饰。
（这车厢里满是呛人的
同行旅伴熟悉的体味。）
我们在夜猫爪印的墙壁上这儿打
一个洞那儿打一个洞就是因为恐惧。
害怕它的持续存在并据其行动。
有人蓬头垢面伏在方向盘上为我们所
不齿。行动吧触发不同种族和
男女冲突的引擎成群飞舞的小生物向
车窗俯冲像心里装着某种未来他们
把它们当作现实一样接受了。他们
带着摄影师用镜头
调节风景人为缩小了世界的广阔。天然力
与机械力的抵触。感到我是无边的——
似乎这才是他们本该是的样子。

（《雪怪大冒险》中的雪人
在发现人类之前就是这样子。）
然后有一个人就那么糊涂地撞到
道旁的铁栅栏上货物撒了一地他从翻倒的
车底爬出来拍拍胸脯屁股没受一点儿伤。
“可是我没有你描述的
那么坚强那么高傲到无所谓。”
他竟还有些害臊呢。我想到一些
喜欢与人为邻以便随时夺取我们食物的鸟。
像马一样它们白天在树冠上睁着
眼睛睡觉还有亲近我们的小猕猴。
这件事的影响被低估于是不断有人
故意撞上去碰撞的力度还蛮大的。
很多人的情绪是用身子表达的。在婚礼上
大学讲堂上或一些半公开场合。
请他们发言他们沉默请他们离开。
整天板着面孔紧张兮兮忧心忡忡仿佛很纯洁。
当我站到他们中间时我感到纯物理的刺激和
一种童年理想破灭另一种代替它
的青春理想又破灭接二连三那么着之后的失望像
目睹空客波音或哥伦比亚号升空解体坠毁直到
使自己适应。
与之交流有多种好处我说的是
那只假装犯困的鸟及其
飞时的样子。为什么不是他们及其来回碰撞？
一种借助外力的飞奔方式（如被雪橇
拉着或站在眼下时兴的智能平衡车上或被
暴怒的人群推搡）我们都乐于采用。
在一地生活久了我们乐于
信任某一类物：
坐落于闹市区的养老院（一部分托付给它）
坐着排队等候的私人诊所（一部分托付给它）
包括一片墓地的教堂（一部分托付给它）。
一部分一部分地拿出。美妙
的撕裂感如同小袋鼠从母袋鼠中
跃出。那些已不是建筑物而是

几何本身：多角度宁静。“一个金字塔形
以一二三分别乘它。”米开朗琪罗说。
一个有物存在的世界真是令人愉悦即使
作为“货物”它们将要被交出并且随时随地。
我们拥有它们不管它们是什么它们
叫什么你叫它们什么说明书上
注明的什么用途。
金灿灿的硬通货它们被存着。但想想
被兑换掉的那些时间。这次你又错了。
你以自己是孩子来辩解：
制作弹弓削木为一个人——射他。
撒尿在面团里揉捏一个人——嗅他。
在手腕上画手表。吃冰块。隔十米远
与人对眼神。跺脚使自己暖和。
在网络游戏里买装备。上台朗诵时装作口吃。
藏在一个显然藏不住全身的角落里让人找。
让女孩趴下在公路上排成一排。
点燃浇了汽油的松鼠将它赶上树。
说梦给伙伴听。撕纸。坐在窗台上（但知道
屋顶上更安静）。把对讲机
放入水中对它
说话。把脚放入大人的鞋子里走路跑。
送他一个急刹车怎么样？
制止他揍他的海绵脑袋。
当我真的驾驶一部货车时我对碰撞仍没有经验。
一直摁喇叭一直摁喇叭一直摁喇叭。我都有点想哭了。
使一个男人感到受伤的事
可能会使一个女人觉得好笑你扔掉的
物件总被她捡回来擦亮后放在
家中更显眼的位置。
让你看见它就羞愧产生
抚摸欲和倾诉欲更依恋她。你必须
天天面对它和她。猜测二者之间
的关系怎么也猜不透还放不下妈的怎么
回事嘛懊恼不已。女人不愧是
食物链中支配一切的生产力。

你带着她上路。祝她带给你好运。路上还是抛锚了。
哪儿出错了？我想起一个星期天
在单身汉俱乐部与另一个
单身汉打羽毛球出了一身汗之后他告诉我
他身体上的一些小秘密。这一次是为成熟脸红。
为此我还犯过事——他说。
那股儿兴奋劲
一点不像个假释的罪犯。
“走出监狱的那一天我在沃尔玛
逛了一上午我什么都没买但计划着
第多少天然后第多少天一一用上它们。”
我不止一次地谈“欲望”这一次
被它惊着了（他因何被宽大处理？）以后我
不会再轻易地
谈它向人炫耀。那些心理学家探险
家街头表演艺术家会因此嘲笑我。
（大型猫科动物踱回丛林时的温和。
很多心灵就是这么被蒙蔽的。）
这车子有些年月了轮胎
磨损传感器不灵敏冷启动困难这还是
技术方面的担忧还有
对乘客的担忧。
（一如主持人对观众境界的担忧：话音未落
掌声——掌声呢？设计师对
模特儿的担忧：她身段虽好但
她的表现力如何？）
凌晨。在人货混装的车厢里疲惫
的人们听着电台里的乡村音乐陷入
沉思担心下一站没有人接收货物。
不能老干白跑一趟的事是不是？不能
心中敞亮明白手脚却不听使唤以致
在哭出来之前早早崩溃。哭也
应当不出声地随着
音乐节奏如某种
舞蹈地平心静气地哭。
沿途有人生病传染上炭疽或登革热被

抛下车他们的亲人也只好跟着下车。
现在成了一部空车。只有我一人。也没有人瞧见我。
公路上好静啊像
奔驰在木卫二上噢噢。
终点站还很远油表显示油箱里的汽油快没了快
没了没了我来回奔波碰撞多处一次次被甩出险些被冻僵。

车前子

西园一章·6首

西园一章

在里面狠命地吸，
快乐不短，拔出成滴冷血。
大地上许多迅疾的动物，
来自人的傲慢。

影　壁

出一口气，恶得，
舌尖泥土堆到上颚，
金字塔做金字招牌呢，
还是絮叨之中应接不暇？

彩虹掉水里触电，
痉挛着浑身脂粉气，
肥肉这么干净，
以致恼怒在铁锈。

——

它追你像骑你头上，
颠簸黑发，
布置矩形，固执又轻佻：
铁路旱桥封闭——我们的告别。

出关，道德难以申报，
体谅的躯干间附体为赤壁，
晚霞贪得无厌，
而一头白犀牛转账成功。

——

碰巧，彩虹掉水里，
恰好洗洗干净，
装在肋骨的镜子，
雷声让它喧嚣如旗！

出一口气，
她腋窝，
豹子和绿雾飘来飘去，
隐蔽两个野猪林。

无诗歌

在树下昼夜梦游的是两条河。
你们留下一些影子用南方的风，
学习光阴如何大地上除草。

杜　甫

它鲜美的肉，
一条鱼不多讲闲话；
被窝是有刺的，
杜甫徒步于法海——
暮色苍茫，
神圣不可覆没。

俘　虏

猫回到你的童年：生病。
经常生病，下巴瘦小
如食指，涂着丛林，理智一点，
句子笨得，主宰天空的土著

学习造船，学习
给猫拍片。在X光帮助下，
你发现，不，杜撰
失败的情敌——以情为敌，

雨在道路上做完流程，
洪水泛滥，学习
念出宠物医院名字以及
（我是受到优待的俘虏，

可以在不为常人所知囚室，
锻炼身体，增强记忆，
养三只猫，有一只粉绿，
（和一只薛定谔的阉猫。

南方丑角（J）

扯篷后湖风到了肥胖辈分，
芦苇水里提炼出青春
美丽的薄荷糖浆，
连苦艾也清冽，受罪的样子

多喝一代奶，成长假如长成
腰际过于国际
化作没有线性的种子留下
拍电影停电，而童鸦

微黑大牌打到J
的变形记——从不读书也要变形：

绿外套推出两只手融洽兰花
燃烧的喜来登

鹊，奢华的井中
在管子里叠罗汉，语言不够用
因为语言羞涩不愿多说话。
开口石头就涂满金色，

就不咯噔，
在不咯噔不孤独的石头上
当头一棒，
欲望之外裂开羽状笑声

命门消失在伦理
无穷无尽的鱼虾中。
堆在码头上发愁，也会发臭，
世界比世界小得多，

时间呢，不知钟表
是它经纪人，
节假日去看焰火胸脯被挤得啪啪啪
作响尾蛇——

我拿走她的尖叫，嘴
张大那里。
世界在南方端正了不少丑角，
五颜六色，俗气沉默

有时扎入蛇皮袋里湿润的浓雾，
泥潭滚动，
身披尖锐光影，
加倍努力的一天，

搅乱人心，在胸口看见涟漪。
芦苇水里提炼出青春
美丽的薄荷糖浆，
啪啪啪，被挤得语言不够用。

李德武

穿过森林·10首

穿过森林

一个人，一片森林。名字写在树冠上
放下手中活计，把行走交给你
不需要宽广作为参照，浓荫下的世界
自成一体。阳光是外来客
黑森林中植物自己发光
唤醒蒺藜亮出刺。我迈入荆棘之列
在晦暗处以锋芒阅读锋芒
欣然于你制造的障碍和难度
人迹罕至处恰好是野兽的乐园
阐释你的雷电被牧羊人视为神火
在常人眼里，你已经不居住在地上
恰恰你把自己变成土和水的随从
我们不是偶然遭逢于这个星球
你让我觉得一旦蹲下就会立即腐朽
我费劲地从藤蔓中拨开一条路
只为探测并冒犯你划定的疆界

正　午

——给荷尔德林

就像放开一只鸟，解救往事
我也解放自己——回忆很老套
太阳君临头顶，万物向它称臣
权力和荣耀似乎从未过时

但它看不到中正仍有阴影
敌意和背叛使彼此相依
没有哪一种恩赐不附带伤害
至高的光灼伤眼睛和皮肤
除了燃烧，经由毁灭进入终极的一体
有个性的生命都寻求回避和逃离
本能地困倦，我没有溢美之词
所有的事都暂放一边
请允许我休息，按照立法
我且把巅峰留在瞌睡中翻越

荷尔德林

伟大心灵调动不起对神的感应
纯洁的对话仅限于自言自语
索福克勒斯是对的，爱的高潮属于悲剧
你要用诗歌唤醒衰落的帝国
自封为战神，策马于克林多地峡
和滚滚而来的机器时代相对抗
在伊阿宋出生的地方你看到
英雄的额头与地峡的峰峦齐高
横亘古今的峡谷恰是命运的掌纹
多好！一个人也是天地人神
只是太渴望被赞颂，忘了神乃沙粒
你忽略了手中的长矛是一棵马尾草
所有的失败都比不上丧失至爱
你失掉一个人就失掉了全部世界
如果石头有你的爱石头也会疯狂
正常地生活已经毫无意义
理性和尊严都不重要了，神遗弃你之前
你率先遗弃了当下和未来
嘲笑你的人成为他们自己的笑柄
噩梦丛生，但你紊乱的神经朝向一处
——古希腊庄严的庙宇和碑廊
矗立在一切伤口之上

消逝的预备动作

并没有什么为我所独有
思想和诗歌都是自然的一部分
一束光或一滴水
天空写下他们的署名
我羞于索要什么，紧迫的是
我能给予的实在有限
爱和美，若非出于本心都不算数
要么我一无所有，要么我创造
作为对古老契约的履行
我愿无偿地为此效力
任何有助于虚荣的恩赐都多余
专注和欢喜已是最高的奖赏
对未来的渴求常害我们忽略此刻
急于追逐错过了身边的风景
草木和山河深藏着人们的倦容
在根部盘踞着蛇一样的冷漠
为此我们身负圣命
像农民躬耕，以疲劳自慰
回忆并永远满足地回味汗滴
于五蕴中了知虚实之路
独立一处，直到摇晃不定的身影
在天地间不可区别

达利的早餐

早餐总是吃得很迟，汤匙古怪
咀嚼一块铁，火烛的燃心：品！
墓志铭要趁早写，以死亡为起点
用弹簧把头驱离身体：瞧瞧这世界！
雾和雾彼此爱抚，交媾，繁殖
你和曼努埃尔都觉得皮肤瘙痒
镜子上（玻璃）留下抓挠的痕迹
和拿着斧子捣碎镜子的诗人决裂[1]
你忧伤于一湖静水在眼睛中的暴动

此时，不锈钢叉子叉住一块烤肉
餐厅空荡，你吃下自己的一节手指！

①指诗人洛尔迦。

卡夫卡的隐身术

此生第一不幸：生而为人！
此生第二不幸：活在人群之中！
搬家还不能隐身，陌生人
也有一副人类的面孔，恐于面对
最为惊惧的是他们的笑：媚笑或嘲笑
测量，辩解，嘴撕咬嘴，作亲吻状
你只需要立足之地，或一口
刚好容下身体的棺材（其余都浪费）
生而为人多么荒谬而无奈！未婚，不育
断绝为人的后路，说得好：周身属于文学！
每一个词都是你安居的小家

弗兰茨的惯性

弗兰茨携带一个词的惯性，闯入脑际
此时我正走进办公室，天气预报说
苏州小雨，而汉堡雨夹雪。重力的惯性
怀着叛离的重心，钟摆厌倦停顿
下意识地搜索人名或一部电影
我放下背包，与弗兰茨凝视
这个黑客，让我听伟大进军的号角
锤子迟钝，恰好制造不见血的内伤
它不靠权力，而是靠惯性袭击，不流血
弗兰茨教授的理想比他的呼吸早一秒停止
锤子来路不明，但教授走在进军的队列
（我看了一眼表，还不到工作时间）
米兰•昆德拉用一根胡须称量灵魂的轻重
地理适于葬送记忆，在布拉格广场

穿行的人流遗忘了叫弗兰茨的地洞
躲在其中的人说出白昼里的黑暗
依靠收紧的肺叶关闭地狱之门
他惊恐地发现死亡是一次解救。他的内伤
传到另一个人身上，另一场战争
在弗朗索瓦·欧容的镜头里
光线与光线战争，子弹一边说着爱
一边射进胸膛

愚　蠢

往昔没有一点东西荒废
无知与懈怠成就今天的愚蠢
难道不曾受益于每一个错误？
没有所谓的机灵鬼，抑或捷径
只是比以往更不在乎做蠢人
但我知道绝大多数人不敢承认
自己是一个蠢货，他们穿上伪装
拼命把蠢货这个词丢给别人
我也尝试在我和愚蠢之间画一条线
但我并没有把自己和愚蠢分开
反倒是抓住了愚蠢的证据

清　偿

没有人肯为欠账作证：阿里阿德涅是对的！
她醒得太迟了。这成为永恒的遗恨
多美好的事物都难以让她沉醉，她醒了
宁愿忍受孤单和凄凉也不再让善良受伤

思想制造迷乱，在陀思妥耶夫斯基的早茶里
混合了偶像模糊的面容和奖赏
他品尝圣言的苦味，琢磨着水中的气泡
可否能容他不安的灵魂避难片刻

一个不存在的人在搜集账单，从影子里
盘剥子虚乌有的血汗钱。我们在梦里
或某个人的葬礼上接到神秘通知
我们不明不白地被归入欠债者的队列

奔跑的兔子在追赶中丢失了性命
我们需要一张会飞的床单，或者
建在脸部的地下室，闭不透光
从森林穿过就知道弱小者为什么要隐蔽自己

我已经看清圈套，用此生做最后的交易
把所有的欠账做一次彻底的清偿，趁着还是个人
我向你全部敞开，给你所有，未给的我本无有
掏出裤兜给你看，只剩下空，若要也给你

里斯本书简

那些喜欢幻想的人也热爱美酒和佳肴
他们一边厌恶现实一边挑选称心的酒馆
像狄兰·托马斯那样喝个通宵，醉倒在街头
把国籍和法律抛到脑后。关于名声
早已成为他的呕吐物，想一想
他摇摇晃晃走过大英博物馆或伦敦塔桥
他的脚步竟让大本钟延迟敲响

六点可以是早晨，也可以是黄昏
魏尔伦属于黄昏，而佩索阿属于早晨
忧郁成为法国式的瘟疫，像疯牛病
潜伏在美丽的牧场，只有兰波看见又说出
柏拉图一直躲在教堂的幕后宣说圣经
这是他拒绝皈依的原因，但他改不了忧郁的习性
把自己早早逼死，终于心满意足

里斯本属于骰子，它掷出海鸟和日出
拘谨的街道源自海太任性，纪念碑太有教养
好像佩索阿的一句诗，带有逝者重来的说教味道

为什么“快乐”成为“毒品”？伊壁鸠鲁这个毒枭
他一直被追讨。我惊奇于人们喜欢爱琴海的沙光
却容不下一颗欢乐的心。里斯本的冬季降临
在雾和冻雨的手里，每个人的眼神都游移不定

罗卡角以西不再有西，被殖民的极乐净土
甜蜜的葡萄中深藏着锋利的牙齿。这是个遗憾
像挑病句一样我们从葡萄酒中过滤掉牙齿
在大雾面前，鸟收紧翅膀，铁丝网抓住海床
康乃馨需要用一场革命让自己盛开
全球化的网络编织一张弥天大谎，但里斯本
属于骰子，他在自己手里掷出晨光和早餐

黄梵

玫瑰为我脸红·8首

玫瑰为我脸红

每支玫瑰都有一对红脸颊
在为我脸红
我只顾戴好口罩，走进重霾的初春
只顾活着，等着世间的不幸自己消瘦
看见污水的斑斓色泽，却说那是蝴蝶复活

玫瑰，水一样漫进梦中
在为我脸红
我踏上的路，通向衣锦荣华
我只是看着卖艺的老翁，一贫如洗
只是和那么多的人，从他的哀伤里路过

那么多的劫难，和我挤在同一个时代
我却只想躲得远远的
是啊，我再也成不了谁的依靠了
只有玫瑰谴责我
在为我脸红

河　蚌

用手掰开河蚌
这就是人主动上门的拜访？
读书人，已不上门找书

对着河蚌掰开的嘴
人要的，不是可以对话的舌头
人要的，是一场河蚌的苦难

人配得上河蚌的赴死？
配得上河蚌托付的未来？
人走得出河蚌闭眼的黑暗？

河蚌的余生，本该在流水潺潺的河畔
本会聆听，老人打盹儿的鼾声
春天的寂静，本来是另一场灾难

吞下河蚌的人，貌似慈悲
起身去禅寺祈福
学会遗忘的智慧

出血的眼睛

左眼出血，黑瞳仁
像架在火上烧的黑煤
右眼看着春天的灾难，仿佛说
是哭的时候了，请试着用泪
浇灭眼中的大火

医生叫我闭着眼。关上眼皮的炉门
炉火就不会灼伤内心？
眼里的红色，是想长成红玫瑰的红旗？
眼里的红灯，是想拦下不戴口罩的行人？
眼里的红火，是想把瞳仁的黑，锻成淬蓝？

我的眼里，何尝不是火星的红尘？
那样的文明，早已下落不明
莫非，那样的红尘已盯上地球？
我闭上眼，宁愿让黑夜在眼里升起
宁愿让左眼的泪，在脸上修一条
绕过舌头的运河

酒后综合症

他对社交，失去了兴趣
他对活着，还不死心
日子，是用手撕掉的日历
还是早晨醒来，掉在枕头上的头发？

都说酒桌上的说，是最空洞的
人人都仿佛说了什么，都仿佛让他人渺小了
他久久等待的真情实意，只是酒家
要打烊的催促声？
那就让风把刀子，架在赴宴者的脖子上
让风用无礼，逼供出酒后真言

他真吐出了什么，他用双手
捧着胃献上的礼物，想到他的成功
不过如此，想到他一生的是非
就是如此模糊

他捧着比黑夜要浅的一团哀伤
那是胃消化不掉的春天
自己闻起来香，别人闻起来臭
令他不愿，把它抛进垃圾箱

致澳门

修鞋师傅一把抓住纸币
“风一吹，就没了！”
他不经意说着无常
说着被人溺爱的钱，轻易会被风谋杀

走在澳门的窄巷
修鞋师傅的话，已把窄巷扩成了人生——
窄巷百转千回，是要甩脱我的追问？
还是像气管，要找到属于它的喉咙？

填海中，澳门泄露了性别
用填海的大力气，挤着海浪的乳房
乳汁泛滥，养活了众多国籍
它挣脱大海的那份欣喜，也像赌场的骰子
令人猝不及防……

澳门说服我，它年轻时一无所有
现在，连风也懂得怎样参加盛宴
它会一把抓走桌上的纸币，令我不敢阻拦
唯有修鞋师傅明白，风的手已怀有深意——

风走着鞭子一样的窄巷
是想让鞭子甩出一声巨响，惊动
澳门无力追究的一段往事？

醉

我醉过，现在
不再喝酒，就不醉么？
如同自由自在地走路时
就没有舞步么？
就像侃侃而谈地闲聊中
就没有谜底么？
非要行到水穷处
才有远方么？

我的醉
早已储在一罐好茶中
它和酒一样，都需要
多年的生涩来酝酿
那一江的春水里
仍有世代的冷梦、仇恨、伤口……
一放入茶，就和我分道扬镳——
就把黑发醉成白发
把仇恨醉成原谅
把伤口醉成眼睛

等待退休

谁能听见你的呻吟？
它看上去是笔挺的西服
是盆养的绿萝，你只是不甘心
再熨一熨衣，浇一浇水？

你把前半生过成了累赘
只让睡眠里有铁的脊椎
为什么风也说着你的事呢？
为什么你孤单得像祖传的铜鞋拔呢？

月光是你手里的一把碎银子
它怯生生，还在贿赂你的人生？
希望像小小的硬币
哪怕闪着微弱的光，也要为你
买一张去郊区的站票

当你穿过热闹的职场
穿过爱与恨，是该转身
与自己对话了，是该应付
记忆的水性杨花了

该把节省下来的日子
该把皱纹，让给一杯茶或咖啡
让你说的每个字，不再为噩梦守夜
让回乡，不再是牵动你的一列火车

让陌生人，也成为你的一把尺子

致父亲

父亲，又是清明节，我没有忘记你
我没有变得更好，也没有变得更坏
更没有菩萨、耶稣，把我的生活变得更容易
一树的笑声，照样要靠风来催生

父亲，我没有带来你吃饭的碗
我知道，你再也不会饥肠辘辘
你已经安宁了，不像我还在做活下去的苦差事
你住进土里，不依靠，不拖累，更没有束缚

父亲，哪怕风不停甩响柳树的长鞭
它也奈何不了你刻在墓碑上的命运
你被人世榨干了的身体
撂下苦难的担子，已经九年了

宋迪非

蜷缩·6首

蜷　缩

现在
我看到黑色的盐
在夜晚的某个角落闪烁
而大片大片的盐
在海面上被鸟啄食
早晨来到了
一个幻觉的未来
一种野蛮的力量
被大海推着
向波浪的后面退却
海平面越来越远
现在
我只有蜷缩着
才能忍住身体的颤抖
此刻
你可以死去
也可以活着并站立起来

穿　越

无限的
没有日期截印的黑暗
自车库内部升起

一只死去的鸟
留下它挣扎的阴影
在飞翔中复活着并穿越
穿越
城市，犹如一个崭新的神话
显出它明亮的玻璃
我知道，一种荒凉的美
和大海的内部一样
正在接近并占有我
一只蛾子在忽然亮起的光线中
撕着它破碎的翅翼
而写作，不过是一种疾病
只和幸福有关
我生活在不断的改写中

那一刻

你在楼房的缝隙间度过的夜晚
你在群鸟从楼顶上呼啸着飞过时度过的夜晚
你在莫名的呼唤中冲动地走向大海的夜晚

你一个人走向空无一人的大街
你不抛弃什么也不保留什么
只是镇定地呼吸

大海的时辰在它流动的钟表的表面上变幻着
你的记忆只停留在那一刻

抉　择

如何
是如何
这每一天的恐惧和不安
将我引向一个陌生的地方
阳光像过往一样平淡

我身边的大海
翻滚着咆哮
一个手势在远处消失了
像心跳，也像旗语
海面上没有一艘船
只有一缕正在消散的烟
航标漂移着
从异乡向异乡
脚下的基础正在松动
就在我抉择的时刻

石头在它的内部

石头在它的内部
保持着自己的形状
风穿过夜晚的树林
传来急促的呼声
犹如遗忘和抛弃
闪烁的树叶
清晰地显示出伸向远处的脉络
烟升起来了
孩子倒下的同时又站立起来
仅有喘息和踉跄的时间是不够的
那跑过来的
拥抱着消失的光线
秋天被眼睛磨蚀
我看到一幅模糊的黄昏的风景
并读出大地上的变文

在夜晚

在夜晚
死亡挣扎着
像一摊唾沫
煤在屋中燃烧

留下白色的灰烬
脸在窗子上显现，分裂
犹如信念的征兆
心脏吐出红色的信子
在黎明的光芒中跳跃着
而你跑动着、强化着虚弱的力量
弯着腰
扛着巨大的负荷
天空压得更低
风不间断地吹送着纸张
绽放出一朵又一朵秋天的花

成颍

麦田一样的雨·5首

南坡

一一走上南坡，
一片不能舍弃记忆的草地。
畜生、男人和女人
都在这里生长。

就像看到那条颍河，不要试图
去描述它，不必去瞻仰
坡上的蓝和宽广，
无须看得更远。南坡在移动。

似乎我的生命
也成了被牛羊啃食的
纤弱的青草。

黄昏还未降生，就数一数
双脚下的
这片青草，抓上几根含在嘴里，
一根接着一根地
数那些，为生所累的亲戚，
以及南坡下面，
活着的故人。

五月

就像这里的麦子
还在引领一座村庄的生长。

偌大的黄色，
于五月的温润中，
把光聚在一起。而粉蝶
从我的手上。

然后，在五月的身上悠然飞过，
最终成为麦子
飞扬的目光，
或宁静，迤逦而行。

阳光炽热，当作黄金堆积，
麦芒，也似乎
有了千亩良田的重量。
村里的人
刚把汗巾，搭在肩膀上。

在厚厚的积雪上

人间需要多少雪，才能照亮
故乡的路
茫茫黑夜，我一直寻找
自身的那片晶莹

我能想象出，它们白头的样子
只几声犬吠
就能把夜色搬空的灯火，唤回家
把忘了的路，唤回家

一些温暖的光影
正从看不见黑夜的尽头，飘过来
而在今晚

越下越白的雪中，回家的路
比我生命长了许多

在那里，白雪像一件夜行的缁衣
须与之为伴
才能穿越归途，穿越
生与死亡

麦田一样的雨

晚来的雨，一直下着
开始是光，是声音
是父亲，放下了手中的活
远处眺望
一台打谷机，独立于季节之外

必须赤脚蹚水
去寻找故乡的云，倾听雨声
如何独自飞翔
但抚慰我的
是麦田一样无边的雨，包括土地
蒸发出来的汽

云之深处
它被一阵清凉的风，推送着
村上的事物
都在神秘地迁移，如同
这一片麦田
移向另外一片麦田

像光阴消失在荒芜里

逃往今年的叶子，像遗物
终于落了下来
越来越接近，那片发黄的光线

如同接近，生命的暮年
和身后薄薄的影子

黄昏正在老去
我的一生，开始做着减法
仿佛时光之外
还有时光，在生与死之间蔓延
许多人与事
带着洁净，而疲惫的光芒
秋水一样的远了

我如叶子一般，不分彼此
不分彼此地
对着沉默的大地，微微伏下身
填补一片空的白
最终，像光阴消逝在
荒芜里

晓岸

时令诗·6首

有风

有风吹起林下的枯叶
旧日故园，飘浮
如五月远航的岛屿。
树冠以上，风吹白了天空
却省略了对一颗果实的照顾。
哦，它突然间完成了
自我的坠落。我一直赞美
命运的偶然性，赞美
清晨失踪在密林里
光滑的小野兽。有一段时间
绕着松湖寻找死去的星星
我一直认为，风一定
会把星星带到它们想忘却的地点。
或许是它们曾心怀愧疚
或许只有风知道
在遗忘之地，一切从未开始。

时令诗

我们写：
昨天夜里，南风在原野中埋下炸雷
午后的细雨把它们引燃。
还没有清醒的桃花与梨花

被夜晚散步的秀才又一次催眠。
我们写：
功名尘与土啊！春光不老
照在我们破烂的马车，它丢失了
我们积攒的毛皮、锃亮的雨水
那孤独的列车又一次穿透旅行者的身体。
而春天：
雕刻即将消失的一切，像一场
迟疑的婚礼。有人四顾茫然
有人夜战八方日行万里。少年拔刀
刺伤了诗人暧昧的理想。
徒劳啊：
春天那白色的大理石，在暮色中
短促的呼吸。星星落下的池塘
燃烧的树枝，简单的建筑的梦想
我已厌倦这样的书写，虚度的年华。
事实上：
我已厌倦了自由，深深地厌倦
胜过自由本身。像荒原上
辽阔的黑夜，虚无的火
再一次过滤了岩石的根须……

我写下夏日的……

我写下夏日的傍晚、山林
终于平静，学会等待。

我写下了孤单的鹌鹑
在雨落下之前找到了干燥的巢穴。

我写下一生的爱情——虚幻的
自我的重生，每一个世界的入口。

我写下对死神的要求，要歌颂
良善的生命，要让阴郁的火远离他们。

我写下期待，却饱含了忏悔
总有自由的土地容忍神的缺席。

我写下不可写之物，它们从一到无穷
变化无常，瞬间替换了我。

花与鸟

溪流这边的草地上
四个摄影师架起长镜
对着山坡不断地调整姿势。
一棵巨大的山杏正盛开
半枯的老榆树上，一只喜鹊在
等待另一只喜鹊回来。
咳咳，写诗有何用，这春光四两
被风一吹就散。无趣的人呵
空空地留下瞬间的阴影
却耽误了一树的杏花
和一只喜鹊的好事。
那些扰事的人，他们不配
拥有春天，不配在风中感冒
流完冬天的眼泪。
唯有花鸟的心
能抵消一次次曝光
恒久地悬浮在无形的风中。

陪我在阴影里坐一会

黄昏也会惊吓学步的小野鸭，风吹草动
水泊变凉。它仿佛不习惯生活的突变
慌忙扑进深草里。青山压在水面上
一万吨的时光变虚无。有人正快马加鞭
在光照里搬运身体的皮屑。他要晾晒
松湖潮湿的暗影，提取出一张
坚硬的薄膜，覆盖在这空旷的山谷

他想打制一面大鼓，嗡嗡如雷
震碎寂静如花落。流亡的走兽飞禽
回到洞穴，在漫长的阴影里
听鼓点起落，无限神伤
用剩余的勇气支撑衰老的
牙齿。此刻它们陪我坐在阴影里
我们互相眺望，独自安慰
静静消磨掉岁月留下的敌意。

野旷天低树

不会再有什么了。
下午的天空把自己扭向西边。
风从江滨来，吹走了
野雁的羽毛。我数过今年的新雁
有七只，它们飞过我的房子
在湛蓝的穹顶留下标志
有一天它们会回来
循着那微弱的信号，为低下去的
群山，带来新的春天。我曾
忽视它们的勇气
回到旷野埋下路标。风把影子
弯向无限灰的边界，我记得
就是在那里，绿皮火车
带走我们的故乡。就是在那里
第一次在白桦林流下眼泪
为那纯洁的火焰。
现在，黄昏寂静的灰网下
树枝安静地弹跳
霜沉迷在一个错误的梦。

胡加平
湖边散步·6首

大唐贡茶院

你们相约去大唐，从这一刻
那些远古的道路并非遥远，荒草
以及路边跳跃的野兔，
你们望而不见，
它是来自盛世年代的唐朝，
官家的田野，以及
路边的果树结满累累果实；
时光如此忧郁，
像隔壁屋子里的铜镜，从不东张西望，
与你同行的人，
被层层叠叠的俗事缠绕。

这是春天，刺史的官轿停在逆光中，
没人理会采茶女的春天和爱情，
她们必须在黄昏前，
让脸色阴沉的刺史大人心满意足，
抢在清明之前，让驮着贡茶的驿马
踏响通向京城的官道，
皇宫真的很远，采茶女的青春，
随着哒哒的马蹄消失。
如今，残垣断壁处修起一座建筑，
除了它的名字叫大唐贡茶院，
它的木头、铆钉和人工，永远也回不了唐朝。

寿圣寺

银杏树叶环绕的寺院，
被蝴蝶的翅膀轻轻驮起，晨祷的钟声，
敲响在烟雨中，
一瞬间，飘浮的诵经声
回荡在竹林。

此刻，你在宝塔下停步，
这正是你想要前去的地方，
你将发现经书的秘密并不在此，
你知道浩瀚的星空写满了偈语，
就像河流回到了家乡，
万物都在谛听中沐浴。

哪怕今生错过了
大自然给予的欢娱，回去的路
已是一片苍茫；
此时，一颗真诚的心，
唯有翻动佛经的沙沙声。

而我，在雨季走进一座空山，
耳闻目睹的尘世渐渐遗忘，
是的，我已不记得天空的湛蓝，
和蝴蝶的飞翔，
我只想在喑哑的风铃下
静静地回忆。

说吧，理由

从瞬间认识永恒，一张
木制的犁，从存留它的
泥里出土，到小镇的博物馆
一串数字的移动。除了它
所有的人都老了
考古学家、工具家、农业爱好者

也许，还有诗人
被它朽烂的眼睛诱惑着
他们读它腐败的语言
来自汉代或唐朝
他们绞尽没有想象力的脑汁
反复折磨着那张
没有了脾气的木犁
他们把它放在种麦时节
它的主人被一个女子的目光麻醉
用抚摸麦种的手
慢慢伸向盛放乳房的地方
这时候，没有叫喊
只允许纽扣崩裂的声音渗出
滋润着土地。雪
慢慢下着，盖住了犁沟
盖住了木犁和土坡，盖住了
一个又一个的黎明

诺　言

阴郁的云朵
只想听到大海的笑声，
你将从闪电的歌声中，
倾听到雨水对土地的诺言。

当风轻松地卷走落叶，
移动的季节逼着太阳来回穿梭。

你会回来，回来，
意味着道路，从你的脚下长出，
静悄悄地等待
准备过夜的时候，
看最后一颗高傲的星星隐退，
偷偷
从林中钻出的那道亮光，
已被打成包裹，寄给黎明。

但我依然
能听到黑暗中的呼唤，
也许是夜的眼泪，
始终有一条河流从心里流过，
就在那一刻。

你常常期待的诺言，不一定
跟着岛屿流放，或许，
有人就在大海边聆听，
你很快发现
所有的天使都已失踪。

湖边散步

七月，仿佛停开的火轮，陈旧
与闷热，码头成了火球博物馆
陈列太阳和它的紫外线，也把我们
唯一的恋爱，晒成过冬的橘皮

我，徐峰，还有新方，就在七月的
一个午后，在太湖的大堤上
散步，没有抵抗，光
像从工厂流淌出来的金子，诱人
但刺痛我们字典中的皮肤

这时候，只要有一阵风，和
一块阴影飘过，遮住我们一些念头
也许，我们就在这个午后会死去

但，不会是仅存的孤独
把我们召唤到彼岸
惊讶中，丢失了在痛中的引诱
我们无法寻找，无法回头

也许，丢在我们的画面之外
芦苇荡中，一个船家小女孩

裸着黑黝黝的身子，镶满
清纯、童真，比如

是月亮的呼吸，穿透层层阳光
成为整个七月中，我们看过的
最美、最荫凉的一道风景

睡吧，瓷器

没有记忆睡的姿势，没有想法
没有一片树叶靠近它，唯有泥土
拥有它高贵易碎的心，它永存
无人抵达的平原之下
就像睡眠蜷曲在自己的怀内

它一辈子在寻找
归宿的孤独，忍受
从一个活着的城市
到一个瓦砾遍布的废墟
听到孩子们在夜晚里的哭泣

被遗弃牵引着穿越历史
尘埃仿佛俯身的酒徒，情绪低落
渐渐迷离，只有
蛙鸣了一秋又一秋，树
在向记忆深处延伸

睡吧，瓷器，就在岁月的墓园中
在盖住了灵魂的月光下，只许你
独自注视着冰雹敲打的湖泊
午夜，在遥远的地方
一只盛水的瓦罐，被“砰”的一声摔碎

指纹

我适合写下哀歌·8首

在铁路旁种上葵花

如果在铁道两旁栽一些植物
我想种一些向日葵
让火车开进葵花地
让两排葵花在火车呼啸而过时
疯狂摇摆，让更多的葵花
荡漾开金黄碧绿的波浪
让大地掀起天堂般的大海
让阔大的叶子拍打火车狂奔的躯体
葵花旋转的头颅撞击尖叫的车窗
无数黑色葵花籽暴雨般撒进车厢
起伏不停的葵花在隐没的火车上飞翔
是的，就在铁道两旁栽种
这些火一样的植物，让一列火车
把它们从太阳那边拉回来，回到
这荒凉铁路上——黄金的女祭司
你们舞成了大火！

书　写

在一片空白处，我要写一点什么
今天不写黑夜了，我的黑夜已经足够多
我也不写罪与恶，你们只需要看一看外面
但我还从窗口，看到了一排白杨树

它们有时像栅栏，关住一头困兽，而此时
也关住了刺眼的日头，和酷刑的天空
我要写一写它们，同人类一样的囚徒
接受大地的惩罚和养育，为恒星所看守
要写它们身上的伤疤和虫洞、铭刻的字迹
那些划过它们的刀子，攥着刀柄的手
现在会不会有一阵抽搐，或者满是虚空
我要写那些无知和愚蠢，像虫子一样行走
它们也会变成蝴蝶，欺骗我们诱惑我们
我还是写了如许的恶，难道我无法躲开它们
那些善良的刽子手啊，也许就藏在我身体内部
让我看一看美吧，比如绿叶的形状、心的形状
情人们乳房的形状、眼睛和嘴唇的形状
让我看一看你，不管你年轻的苍老的，美与丑的
看见你的生长与衰败，像一株蜀葵的存在
在我经过的路旁，热烈地盛开，蒙受世间的尘土。

我适合写下哀歌

我适合写哀歌、悼词，为他们
写下痛哭的诗句！
当他们被忘记，我仍想起
甚至在梦中和他们相遇
你们看不到我的眼泪
我从不会痛哭失声
但我会疼痛，火焰噬咬着我
时间吞咽我的记忆
却无法清除身体里一条条疤痕
在世上，我已近乎一个虚伪者
而我，并没有活在世上！
是一个我暂住于他身体的人
在红尘中行走，带着恼怒
他有时像我，替我傲慢，虚荣
或者与毫无价值的事物辩驳不已
只有在黑夜——其实总是黑夜
我才渐渐呈现自己，是的

用我沉默的诗句，向他们诉说
多少人死去，凡被我想起的
他们终于，成为人，我们不是
而他们听懂了我，他们的复活
让我能够继续，我适合
写下无数哀歌，也为自己。

杏　仁

——写给波兰电影《冷战》

杏仁的眼睛，在群星之间
剥开，那水一样的杏仁
从深夜到黎明，我再也不能——

必须醒着，我听你保留
乡音的歌唱、野花、杏核的星群

在废铁的黑夜，伤心的
黑夜，大量死亡的永恒夜晚
杏仁的眼睛，你剥开灯光
你的双臂，一棵早晨的杏树

我们唱着奴隶主的土地
在波兰，怀念我失去的天空
空心的教堂，杏仁的眼睛

我等着一辆卡车穿过时光的尘土
你啊，把关闭的杏仁剥在我手中

我在散步，我在诅咒

你们肯定没有听到落日的声响
它砸下来，让泥土四溅
你们可能看到了流血的晚霞
之后是黑暗，流泪的星光

一个世纪如此反复地死去
它却没有死去，重演这种闹剧
我已经厌倦了这个宇宙
我想说滚吧，让我留在黑夜里

沦　陷

——献给阿赫玛托娃，致金重兄

我不确定，我是否在
1940的巴黎。我
没有反抗，我交出一座不设防的城
我和他们交谈，饮酒，寻欢作乐

哦，月亮照着我
下边头颅滚滚，雪飘过了大街

圣母院的钟已经停敲很久
自从巴黎失去了勇敢的夸西莫多
埃丝梅拉达跟仇人混在一起
我的泪水，从月亮往下滴

到处是雪堆，是白色的墓地
埋着我们的良心，大雪又一次飞起
直到彼得堡、莫斯科，直到
受苦受难的远东。

看到一匹马

看到一匹马，我想把它抱紧
看见马的眼睛，我想流泪
我抚摸它，它的额头，一块高原
它的唇，亲吻过无边的草地
我不小心碰到它的眼睛，一排长睫毛
一束细微的电流，接通我的手心
我战栗了，无人觉察到我的战栗

我继续，抚摸它的发辫，揽过它的
脖子，一座倾斜的高原伸向我
但它深暗的身躯立在马厩，我站在外面
我和一匹马之间隔着一堵矮墙，而在
另一堵墙后面，是一匹马雪白的骸骨。

听　着

听着，你要经得起未来的审判
你的肉体，经过灾祸光顾
亦曾被爱抚摸，而今是一座废墟
却保留着一座祭坛，听着——
你听得见星星之间的对话么
你听得懂一只斑鸠的哭诉么
你听得清留在无人处那巨大的叹息么
你听到了被荒谬掩盖的真理之声么
你的沉默和你的言说，可经得起检验
你的纯洁是否带着罪过
在暴烈雷电下，你仍会恐惧，颤抖
你在一条浑浊的河流里沉浮
又能向谁呼救，抑或还会伸出援手
一首诗已不能倾吐你的隐忧
你企图留在旷野，被世人遗忘
所多玛开发商却在一步步掘进
他们需要宏伟的建筑群、堂皇的广场
岂能让一座废墟存留，你将
在何处祈祷？听着——
在众声喧哗中有一种不能泯灭的声音
超过了你诗歌的法则，你要守护。

商略

没有一种安静是新的 · 7首

没有一种安静是新的

趴在窗台上
看无人的室外游泳池
一年的大部分时间
水面沉浮着落叶和白云
瓷砖缝隙晃动杂草

这么多年过去了
没有一种安静是新的
——安静是过去
陈旧的另一个名字

如同没有一种疼痛
可以突然发生
结果背后通常还有
另一种你可以接受的结果
游泳池的安静
是渐进的，是不停涌入
水面的落叶和白云

我刚接到父亲的电话
问我昨夜的痛风
他的声音在话筒里
像春风吹动池面
年老把他变得温柔

送诸道初该万有归宝林寺

丛林间，很多宝林寺
但他们只去一个
一大早，诸道初和该万有走了
背着葫芦丝和矿泉水
以前，我总是叫错他们
现在不会了

我握着两棵青菜
想起今天，可以少做些饭
庭院一角的万年青
前些天，他们清理了周围杂草
一个干净的春天
就要结束了

我和他们，还有你们
隔着楼房和街道
再远点，是高速公路和
白色的收费站小屋
去的，和来的人只隔了
一条黄绿的灌木带

当我们怀念着离开
总还有人，迎接他们的到来
世界不会损失什么
——是的，这样想就好了
昏晓总是鼓角催着
魂灵总是像落叶飞着

万松山房

时间隔太久了
原本记录它的文字

也无法提供回忆
过去的世界，就是这样消失的

没有屋门前遍植万松的丘陵
没有扬州城外
没有崔大夫在灯下读《礼》

长草覆盖着小河
水獭翻过了新修的堤坝
凭空消失

无论书写如何细致
时间的浓雾依然如流水
涌向长夜的困惑

松涛沿着阴影的边缘滚动
隐忧于后世的误解
但我们毕竟能够从中

体会到一些东西——
比如枯瘦的山水
阁楼的灯光、被雨水打湿的青草

当我们故地重游之时
感伤着死去的朋友
我们并非困惑于消失
而是消失总是那么不彻底

夜宿风亭

空山灌满了狗叫
唯一的山径，虚弱于月初的昏暗
我们猜着，还有谁要来？
还有谁正在路上？
茶多了就睡不着

夜深了，就没有什么好看
不妨谈谈山水，谈谈
过去有谁来过这里
又离开了这里
比如双雁送来了死去的故人
虞仲翔在山巅大兴土木
为了吸引并不存在的凤鸟
后来他去了南海
缺席可以营造空间
话题可以是隔云，也可以是渡水
还有真切的板屋和柴门
这是我第一次来凤亭
坐在漏风的小桌边
谈完山水，就玩一种
叫作翻黄龙的骨牌游戏
输牌的人去山下拎水
后来输牌的人越来越多
桌边只剩下我一个人

有多少乡间的天气

有多少乡间的天气
反映在酒碗里
天晴少喝点，有雨多喝点
梅季到了，菜里
要放几只辣椒

暮色环绕的河边小屋
如今野菊花盛开
我们在饭桌上讨论燕子
春天的鸟巢空置
迷途，失联，老去的人
我们共同的经历

有多少乡心被我们浪费了
就像灌下去的酒

被我们吐出来
枯乏的生活，骑着附近
工厂的灰尘到处奔波

有多少燕子离开了
那曾遍及我们的国土
好像不会再有春天
这么多年啊，死去的人，无所事事
我们坐着，犯下沉默的罪

过去的早晨

每次去看墙脚的苔藓颜色
干净的阴影让人舒服
我们曾试着在自己身上
寻找相同比例的明暗尺度

一群白鹭飞过
门前的半个山都晴了
最好的生活，是我们可以不看到人
只听到灌溉的水声
和发电机的低哼
安静是用水浇出来的

早晨之美，皆在露水之前
我们经过屋边的野菊丛
我们走到桥上看流水
从我们胯下经过

我们轻易放走悲欢
只关注早餐的粥、酱瓜和咸鸭蛋
只关注窗口断开的云影
在地上弄出晴阴

我知道石榴花
落尽以后，还有什么花

会在草间开放
知道云散尽，山头就露出来了
我们总是怀念过去的日子
无论当时是否喜欢

岁月爬上了蔓藤

岁月爬上了蔓藤
——其实，什么都没有爬上
你只能看到偶尔
昆虫漫步过命运的绞索
你看不到任何岁月
人类发明的岁月，或者时间
只对人类有效
对于蔓藤来说
唯有刀刃、清风、人语和朗月
构成它生命的全部
在很多事物上我们看到
人类强加的时间刻度
和对消逝的满足
并不存在真正的消逝
蔓藤攀上山墙以后
留下一个完整的
活着的、生长的过程
它在虚空中抓住
自己，然后又缓缓升向虚空

刘春

一块石头·6首

一块石头

到地方了，前面是一块石头
石头的前面，是另一块
另一块石头的前面，是更多的石头
它们立着，里面有我熟悉的一个

石头太多了，塞满我的眼眶
即使只有一块，我也无法看清远方
上面刻着的那个名字
曾无数次在夜晚被我梦见

也许石头上应该站着一只鸟
石头边该开着一些小花
那样它在野外就不会那么孤单了
就可以互相拉拉家常

就不必苦苦地等我们每年来一次
真心诚意或煞有介事地递上
一些礼物，说伤感或言不由衷的话
然后收拾工具离开

我的一生都将陷于悲哀
我在石头外部，无法进入它的思维
这孤单沉默的白色山峰
总是这样站着，像远去的父亲

他曾让我感动，流泪，手足无措
在某些夜晚，他的出现带给我安慰
让我一瞬间安静如婴儿
另一些时候，我觉得他多余

这一生都无法避开这石头
无法抑制对他的怀念，正如我无法接受
带着铁锹和炸药的人们
堂而皇之地钻进群山的腹部

铁

硬骨头只是传说。那些原料
不必经过火的考验，也会提前撇清自己
都是不好意思，多多包涵
都是将心比心，万望体谅和理解。

你也一样。起风前你浑身灼热
像铁刚刚放进炉膛
风起后就开始慌张凌乱，竖起领子
顺手把所有门窗关上。

但你无法挪开心里的硬块
它梗着，不让你轻松
它是你无法甩开的羞愧，将你的一生
笼在漆黑的注视中。

生　活

说出这个词，天色就暗了下来
旧相册收拢飞翔的翅膀
哦，这是八月的镰刀，这是血，这是
一段感情的惨淡开端。主角
是一块风华正茂的石头

稻草已经燃尽，雪花扑向
独居者的屋檐。有人在暗中写字
他写下“恨”，他所暗恋的
女人就永无宁日，而他写的是“爱”
隔壁传来了幽暗的灯光

另一些时候，他说出 “沙漠”
大地上仍然花草遍野，说出“洪水”
与此相关者却永葆平安
“唉，时间的炼金术……
上帝赋予每个人同等的才华。”

无端受控的人也有无边的想象：
大风收拾黄叶，凌乱的书卷
自动归位，老照片闪烁温馨的色泽
一桩半个世纪前中断的约会
在两篷飘扬的银发中间继续进行

噩梦中走来的人，不会显露
事实残酷的一面。从童稚的声音
你看到时间的鱼尾纹，从一些人的生
你看到死，而这只是
一闪念间的事情

是时候了，它展现神秘的容颜——
“设计事件的人，事件给你设计结局
你给我以诅咒，以蔑视，以无所事事
我给你近视、失语、恐怖的白日梦，以及
越来越佝偻的腰身……”

感恩书

感谢祖先，开辟了这个家族的源头
感谢父母，带我来到这个世界
感谢妻子和女儿，愿与我生死相依
感谢兄弟姐妹的情同手足

感谢朋友的惺惺相惜
感谢大自然赐予呼吸的空气
感谢眼睛把视线拉长
感谢劳动，让人与人能交换食物
感谢书本，我触摸到了生活的真实
感谢每一处山川、每一道河流、每一棵树木
还有飞鸟、草叶、虫鸣
少了你们，世界就是残缺的。
感谢同情、理解、帮助
感谢抗议、反对、质疑
感谢嫉妒、检举、造谣、诬告
它们丰富了人性之美和灵魂之恶。
感谢关注的眼睛、相握的手
可以依靠的肩膀；感谢温柔的拥抱
善意的提醒和适当的沉默
这些饥饿者的粮食、孤独者的勇气
弱小者的力量。
最后，必须感谢自己——
一个卑微的闯入者
曾经紧张、彷徨、绝望
但依然仰望造物之光。

梦见一个死于车祸的朋友

许多年了，我不止一次经过那个地方
仿佛去看一部没有结局的旧电影
金属镜架把他的鼻子压得很低
笑容随意，不说话
又仿佛有什么东西秘而不宣

生活随意的男人，圈子里知名的
花花大少。从他的脸色看不出
几分钟后的恐惧、绝望
和对尘世难以言表的眷恋
唉，一个语种所有的形容词也描述不了
几分钟后汽车来临时的突然

一切都毫无征兆——
我和未婚妻上街，买席梦思
他勾着一个女人的脖子，在对街
朝我大喊大叫，笑容带着纵欲后的疲倦
和找到归属般的温情

“要结婚了。无论是谁都应该结婚
好好地爱一个女人。因为
那是你幸福的根源。”我注意到
他说话时，左手抬了抬鼻梁上的镜架

一个性格众所周知的男人，在某个特定场合
对另一个他所了解的男人说一些
违心的话语，是可以理解的
而我多么后悔当时的参与——
“是的，花心的男人，迟早会被汽车撞死。”

T.S.艾略特

他在水面上演奏安魂曲，为瓶子里的女人
安排一生的命运——她谙熟肯德基
麦当劳，而她苦心等待的情郎
极有可能是一只猴子

我倾心的是他的山羊胡子，不长不短
比叶芝硬，比“新批评”绵密，与困乏时代进行
艰辛的黄昏恋。（如果把背景换为苏联
他就是不务正业的二流子。）

看，他在建琴房！那位名叫庞德的占卜者
已为他看准了风水。安魂曲要飞，他要去瑞典
瓶子里的女人，说出令人胆战的话语：
“我要死。”

更早死去的是一种形式。醉心于花园的人
竖着衣领，伤感于花朵枯萎的速度

他走过，目无尊长
身后的废墟上，楼房已建到第四层

如何与他达成联系？这些凌乱的字节
能不能将他从纸面上拉扯出来？
他开始唱起了情歌，和千年后的读者
玩恶作剧，却一再躲避周围的媚笑

“跟上去吧，换掉这身衣服。”有人倾心于
他的演奏和他宽厚的背影。而我站住
——他山羊胡子下隐藏的嘴角
冒出一个细小的水泡

刘振周

入室之物·6首

水　滴

无法在夜晚来临之前汇集
哪怕凝结的只是松散的柔光
谁在乎谁的力量?
即使，不断膨胀的雾霭
在压迫之下，一缕接着一缕地湮灭
所折射的风景——注入水源，虽然有利细菌繁殖。
但是，仍然无法挣脱重力。
（渴望天空散落的水雾——）
就算运用火箭，仍然无济于事。
约束力，在雨水丰富的夏季尤其如此。
我在屋檐下所度过的美好时光
随着堕落的闪烁，越来越多的小国家在视野纷飞
葡萄藤绕过天空，卷曲的触须
在颤抖的语言琼台收紧
泗水的孩子从学校回家，手里拿着土观音。
而水滴——若干年之后，之后
终于成形，闪烁着博贺港的碧绿，并被张力包裹——
一个坚果，一个水世界。
在等待诞生。
——将所有人揉搓成一个组织的完整
所发出的声音当然模糊、暧昧
这个黄昏，迫切、焦虑，更是被一只旱虎唬住
只有停不下来的莫扎特——
狂乱，燃烧，撕裂，再在饱满之中脱离

的水滴——
仿佛一块块独立的土地
从高空、从神的鸟瞰处坠落——
一些是泪水，一些才是自由溢出的欢乐
——这短暂、珍贵的个性——
去掉速度与赞颂，以及幻想的深刻
——我将仅有的，和半个东亚——都装入了水的轮廓。
——坠落是唯一性的仪式。

立　春

如果新春是寒冷的，
似乎也无法从以往的时光之中获得更好的印证
而今年，更像一个流亡归来的夏日
它将占据粤西并将温度维持在一个维度
怎么就少了过年的味道呢？
因缺乏寒冷，记忆与惯性同时失效
只能从氛围追溯游离的传统——
如风景，如失去血液空空如也的头脑
空洞、贫瘠，需要一块猪肉堵塞。
论气候——不过是充实我个人的自我怀疑
而地域性——共同时刻的钟表滴答滴答的迫切感
声音与汹涌暗流都在激励着我们的心脏
大同小异的菜谱啦、味蕾啦，
无不是从碾压的稻米得到启示和营养
你知道的，年年果真如此
四十年过去了，多半个世纪过去了——
我的狮子越来越温顺
甚至被驯服、服从多个临时动物园
我的悲哀也是它的悲哀啊
当它成为所谓的图腾、舞狮人的玩偶，
就能在锣鼓喧天、鞭炮齐鸣时得到有限的快乐？
我更不能说被童年的景观蒙蔽了
如你所见的真实——刻意，暧昧，掩饰，难以撬动。

柑　橘

每当过年，父亲总会准备半麻袋橘子
有时是橙、柑子
反正就是它们其中之一。
春节期间，这是我的主要零食
——这种气味，会时不时出现在适时令的季节
从火车、旅途，或异乡居所散发
然后，我的鼻子就像记忆的深井
伸下长长的绳子
再涉入水底——
是的，我的部分温暖亦来自这清香的橘皮
并渐渐形成个人的部分传统。
我依偎这种感觉过了些年
特别将近春节，越来越浓郁和满足
总会有一些气味让我们看见少许希望——
当剥开果皮，因折弯的压力而冒出粒粒充满张力的油脂
唯有柑橘的气味，
皮薄而光滑
似乎更易于被剥削——哑巴似的，甘愿如此。
如静物，乐于被人供养；
当我离开水果摊，除夕夜降临
手里多了些柑橘，哦，我将培养孩子们的幸福感？
不，不，不——那是我寄托的哀思？
不，当又看见饱满的柑橘拥挤如兄弟久违的拥抱，
喜愉——总会让人忘记忧愁。

一锅粥

尝试在花园寻找抚琴之树
之间的交流，却充满险峻。
惊讶的是，顽固与偏执仍然是坚挺的敌人。
到底以何种准则检阅我们的言行？
而这个过程恰恰如此失衡
于无知无觉之中竟然叠加了无知。
更多如此的观点

围成一个个漩涡，高傲自大
假如我认为对方可以获得我的尊重?
不，我是刚登上陆地的水手嘛。
当我看见向日葵朝向黑暗
——失去水准的审美，仅剩的权力
大多成为投机者的歇脚点，
再看见荒诞制造者却在斥责荒诞。
一锅粥啊，需要的是更明晰的界线
似乎更聪明的暧昧也无济于事。
当我准备向一锅粥的模糊者致辞
谁晓得历史是否原谅他们今天的态度
还是让我非要做个选择：保持距离。
或是最恰当的诗写?
似乎，力量与孤独相随
——当孤独转化为力量是我与世界唯一的和解。
——我什么也不在乎。

朴　素

他匆忙地从海上归来，捎回鱼类，和收获。
陆地的欢迎仍然是博贺港一望无垠的松林
和碌碌无为的日常，但他过得还算快乐
围绕我宰鱼的矮墙，吱吱喳喳说个不停
如何厌恶鱼的味道啦，和章鱼的奇幻之旅。
我知道，我们之间也存在的不愉快
都过去了或将来的，又算得了什么呢?
我又不能代替自己游出海之千里
再在日出之前，越过层层风暴返港——
我的言语总是注意温和，贴紧大地在说话
致使我的刀子对准的鱼鳞也是一丝不苟
生怕冲击在水上漂浮过久的木船
我能理解他的脆弱以及海上的生活。
虽然算不上久别重逢，但也另有一番滋味
这是我能感受的爱，像盆栽的菊
灯芯草将其紧紧围绕，休渔期将近。

入室之物

常常闯入的鳞翅类小昆虫
被困天花板与窗户之间，挣扎，束手无策
有时却是面目狰狞的大灰蛾
如果你注视——只会从它们的身体
得到魔鬼面孔的伪装，颇让人不安
更昭示危险，鳞粉就是不俗的武器。
除非迷路的毒蛇，我们只是善意地驱赶。
清明节期间总有蝴蝶飞入，母亲关注这事
嘱咐儿孙别伤害它们，她会说
“那是你们爷爷（父亲）的化身——”
我不知道她如何得到这个拟人的寓意
她文盲，唯一的故事就是梁祝化蝶
也许这就是她的灵感来源——
大多时候当耳边风，却也能引发故人的思念。
是的，更不能以此类推
特别是夜晚闯入的鲁莽的蝙蝠，
它的形状与黑暗融为一体，振翅有力
从头顶呼啸而过，我能感受它那嗡嗡作响的胸膛
那里——存在一头邪恶的引擎——
我曾甘愿浸入黑暗，感受深渊般的宁静
我曾尝试接受蝙蝠之黑，与之畅游夜空齐鸣
我曾躲在角落等待从黑暗升起的启明星
——夏夜，无法拒绝热浪和南风
无法拒绝因光线而来的蜉蝣、蚊虫、水蚁……
当面对镜子整装待发，再步入部分社会学
——鬼才知道我又成为谁的闯入者。

吉尔
那是我们在人间的成像·4首

霍拉山下的葡萄园

即将采摘的葡萄坠结在树藤半腰
果农的妻子坐在三轮车一侧
她的眼睛有着葡萄核一样的底色
她的手有着时光之美
她浑身像是溢出葡萄的光泽
这是一个安静的上午，我遇到的事物
都有着安详之美
红薯开着小喇叭花
沙枣挂满低垂的枝条，棉花就要开了
在一片废弃的果园里
马匹和牛羊在低头吃草或打盹
这应是世界该有的样子
要知道，在静默的霍拉山下
每一粒葡萄
都是先知审视世间的眼睛

那是我们在人间的成像

这满世尘土浮于万物之上
亲爱的HU[①]，百年后我们将以此相遇

在众多的微尘中
有我转世的亲人，带来星体的讯息

偌大的尘世啊，是时间的放生池

我们都是被时间放生的人
用悲苦之心，行走于世
感谢上苍，我还是嗔念不深的人
深爱简单的事物

有时，我透过密布的尘土看云
找到许多与大地上形似的事物
它们像是大地的影子

有时，我在夜晚看月亮
我看到飞旋的尘土在发光
像浩渺的银河。亲爱的HU
那是我们在人间的成像

①HU：作者爱人的姓的拼音。

塔克拉玛干断章

她唱世上最美的哀歌
……

她拥有女性的辽阔，并诞下荒凉和羁傲
她拥有水的品行，比水还硬
在塔克拉玛干，时间是亘古的河流
大地，是另一个星空

我们是她走失的沙子，这如同造物主的安排
我们经历雨水、冒险的词，在塔克拉玛干的星光下
听，玛格萨①的叹息比黑夜还深沉

我是塔克拉玛干荒凉的一部分。在这里
语言比木简更沉默，在这里
寂静，搬运着一整座胡杨林，巴依孜然湖流淌的月光
没人能懂

在这里，风鼓动着迷失的精绝和楼兰
死去的记忆，走在返乡的路上

①玛格萨：传说很久以前，人们渴望引来天山和昆仑山的雪水，浇灌干旱的塔里木盆地，慈善的神仙让小女儿玛格萨把打开盆地的金钥匙送到人们手中，可玛格萨把金钥匙弄丢了，从此盆地中央变成了塔克拉玛干大沙漠，而玛格萨永远留在了塔克拉玛干……

我从未与世界如此和解

我见过世上最清纯的月亮
在寒夜的苏巴什城，她长久停留
我看到世界黛蓝，佛教黛蓝，寒凉亦在黛蓝中
我们对着镜头等月光变幻——时间如河

我从未这样对月亮痴情
也从未这样内心柔软，在月光里飞翔

整个晚上我们都在等月亮升起，等她靠近古城
溟濛中，靠近前世
我们拿走那一夜的月亮，卸下白日的苍凉
我们拿走黛蓝的手记，风吹醒亡灵

我们与这残城的寂静多么融洽
穹窿孕育，佛香聚拢
我们内心澄明
在这纷繁的人世仿佛绝尘而去

卢山

中年书·6首

中年书

夏季暴雨如注
如我倾盆而出的悲伤
己亥年观天象，写杂诗
满腹牢骚随腰身起伏
像是远处鼓噪的蛙鸣
江南的雨夜漫长
一个不被生活公开的写作者
如何安顿内心恒久的潮汛？

遥望北方，电话里的父母渐老
肩膀上的故乡老旧，不宜久居
而往事的稗草野蛮生长
相忘于江湖却又在朋友圈相见
命运的讽刺多于所谓的缘分
文章千古事，我写不出让诗歌编辑
满意的句子。常年的伏案让我的脊椎
节节败退如中年的山体滑坡
饮酒皆无味，没有人在今夜
给我寄来一杯李白的月色

夜读史书，苏东坡当年入杭
也遭遇这般黏人的夜色？
而我终不能泛舟湖上
赚得满舱大珠小珠落玉盘

群山静穆之处，蛙鸣扑朔迷离
孕中的妻子在侧，她从未如此
严肃地跟我探讨生活的意义
并准备马上在我们的爱情合同上
盖上一枚响亮的公章

己亥杂诗

午夜，一阵春雷冲入他的梦中
三十二岁被击落一地。如从宝石山的
脊背上滚落的一块石头

在梦里回到故乡石梁河畔，禾苗过膝盖
他在潮湿的泥土里叩首。祖先的坟墓高大
草木淹没他并不算高大的身躯

月光如蜘蛛人栖息在窗外，一遍遍
擦洗建筑墙面。伏案执笔，己亥年读古诗
春夜虫鸣渐似龚自珍的叹息

从故乡移植而来的山茶花或许晕车
醉卧阳台。仿佛身旁熟睡的不谙世事的妻子
她硕大的花蕾，即将绽放在清晨的会议之前

春日遣怀

春潮翻卷如营养不良的胃
从我的身体里吐出几朵花瓣
夜幕沿着湖畔深一脚浅一脚
像酒醉的苏东坡

眺望北方，从石梁河一路南下
少年的马蹄声里藏着凌云志
成都、南京和杭州，江湖路远
却都是命中注定的码头

三十岁骨鲠在喉。少年意气
和坏损的脊椎节节败退
唯有腰围肿胀如读书人的虚无
提醒我们中年的重量

父母渐老，白发缠绕
我的脖颈。多年的离别让我们
习惯在想象中安置彼此的生活
并且客气如久别重逢的朋友

我已经离故乡越来越远
如一缕闯入城市的炊烟
好几个清明，我终不能
跪在祖先的坟前痛哭一场

今夜星辰依然闪耀
孕中的妻子已经睡去
她恬静的呼吸里
落满了故乡的山茶花

诞女记

这耳鬓厮磨的梅雨季节
杨梅的酸涩被粘贴到行人的步履匆匆
西湖涨满江南的经验
这年复一年的潮汛如我们
连绵不绝的危机感

我枯坐医院的角落
静听雨水每一次的峰回路转
如一位宝石山上的禅者
默数着落满台阶的木鱼声

三十岁时我游走于这绮丽的江南
耽搁于一座饱满的夏天
人世间有多少酣畅淋漓

就有多少辗转反侧
这几乎就是写诗和生活的秘诀

亲人们聚拢在我的身旁
握住我的手臂。穿越焦躁的人群
一声婴儿的明亮啼哭
如滚过宝石山的巨雷
击中我混沌的中年

夜宿九里松

七月的蝉鸣起伏，拍打着行人的脊背
江南的雨水倏忽而至，不远处的
宝石山拨弄波浪和云朵的琴弦
红色的宣传语结满屋顶的果实
将天空的云层拉得更低
有人埋首疾走，在医院的下一个窗口
急忙交出身体里的病历本

在九里松，我们安顿下来
黄昏的绿色声波传导出一个盛大的夏天
当雨水熄灭了一盏盏路灯
我们关好门窗，赶走病房里
摇晃的树影。在妻子的怀里
一枚呼吸微弱的星球
从湖面的地平线悄悄升起

西湖之盛夏

绿色的声波结满了红色的果实。
我们如此幸运地将生命里的这片山水
安顿在苏东坡的西湖之畔。

蚊虫的夜店里狂欢躁动的盛夏。
草木的嫌和里大汗淋漓的盛夏。

雨水的发生学里放浪不羁的盛夏。

——都不如我的盛夏。
她是如此的迷人，令人困倦
却又深陷其中。

小女夏天的一声啼哭，仿佛一道闪电
穿越宝石山的云层
击中我混沌的中年之梦。

张何之

情书·6首

雨

——给V

是明亮的雨而非阴郁的雨带来了夏季
失忆的绿色尖叫不迭
我们踏上季节最轻
最高的边缘

风，吹醒深埋于湖面的
众多的眼睛
故乡又圆又亮
挂在天边

是记忆的雨而非现实的雨带我们回到童年
当你我只是，大水冲毁池塘时
逃出来的两尾鱼苗
比影子还轻 却比记忆迅速
第一晚，湖水教会我们用阴影和沉默说话

后来，我们乐于游往更大的水域
吞下蓝色　绿色　赤色　紫色垃圾
把鳞片磨得既痛快又锋利
谁说，鳞片不是另一种雨？

而此刻，真正的雨已经离我们很远了
除了水的浩大的本质

你我似乎什么都不曾共有
或许原本就是不同的两个人
在暴雨创造的暂时的黑暗中
在彼此因为恐惧和欣喜而发亮的眼珠里
看到了自己的形象
就以为是，我们是同一个人
拥有同一片故乡

或许我们未曾真正注视雨的模样
却太贪图制造时间的绝境
以至于，那个下雨的午后
当你我遁入浓密的睡眠
谁都不曾看见
雷电中
我们也有过
片刻永恒

（雨，作为你我的终结）

春　雷

走进三月，走入它期期艾艾的眼眶
新草啃噬墓碑
又一次，死事古老而新鲜
世界经历阵痛，等待分娩

我们正穿过傍晚的无边和它
飓风的绿色裙角
在那些即将失去形状的波浪上
万家灯火伸出昏黄的手臂

不，不要拥抱
我们既没有雨伞也不需要斗笠
别竖起围墙
我们终将彼此击打，入侵
直至勇敢和不安降临

瞬间，闪电展开它白色的书页：
平原上一棵树巨大
人类啊
请熄灭一切灯火

卧　风

——给 D

我们不过昨日才有，一无所知，我们在世的日子好像影儿。

因为荒唐，我们躺在风中。
家门敞着，梦漏了洞
我们在风中闭紧双眼
像两块被湖浪击打的石子，
越来越轻，越来越
微不足道
却是漫天碎叶，雀鸟翻飞
季节，被拆掉又重新编织，
丝丝与缕缕，皮肤与头发，
手指和手指，都织在一块了
从此风起，新的与旧的
生的与熟的，
就在，同一副身体里了——

时间缩回果核，
我们躲在眼睛后面，
你听，起风了：
起风了。
一夜之间，一颗心就要硅化，
身体要透明，头发要坠落。
起风了，
一夜间，秋草连心。

*

没什么是稳固的，头发的吊床破了，
夏季残损的手臂还挂在井沿。

初时，我们只是白色床单上的两块光斑，
在树影中追逐彼此的片段。
午后是那么无聊，漫长，
我们的身体很轻，脑袋昏沉，
世界上没有一扇门等着我们，
空气中满是热的秘密，
和无知的残酷。

情　书

——Pour J.A

走吧，去到更远的远方
海潮夜夜拍打死亡离去的遗迹
海风带来信号温暖
我们终于被地理的尽头所安慰

一切，一切没有来处的风，一切
一切没有面目的人，一切，迎面
拨开你我不再清澈的裸体
海，我们将走向海的
吼声，最初的和最后的
目光，当我们凝视无人处，久久
像童年时那样，
徜徉于大片荒废的孤独中，
我们得到了怎样的
亲密的回望？

海，不眠的海
黑夜修饰了你激烈的拥抱
你太大了，你让被爱者感到恐惧，
你的孤独加剧你的浩大
你的激烈是你的悲剧
所有的面孔都拒绝你！
我们走吧，去没有来处和去处
没有最初和最终的
年岁

我们在时间中的游荡终有终结
让我们走吧
我们已盲，已跛，
身体迟缓而坚硬
我们走入海中的声音
像鸟足最轻柔的触碰
无人记得。

还是海，有鸟儿在飞的海，
有沙陷落的海，孩童会于每一个夜里
领跑在夜的前方。

埃及女子塑像

抓紧我，在时间中，
除了静止，没有别的姿势。
当我们并肩，就只剩一种目光
一种呼吸：

一切正远去，
向心里消失。
王朝，火焰，沙，季节，
周遭将暗淡，疲倦，
每一个至深的漩涡，
每一阵幸存的风
都是一个地点
引诱你回头
可，时间之中，
除了记忆，
我们不再有别的姿势。

抓紧我，直到
我失去全部，
世界失去我，
而我在你手中。

雪

下雪了。玻璃上披一层浑浊的热气，谈话已进入尾声。
酒饮着饮着，忽然感到屋子隐秘的一颤，抬头，雪就这么落下来。
下雪了。不知从哪一瞬开始，一片追赶另一片，凄惶又盛大。
那飘摇之态毫无保留，得意缱绻，一瞬间点燃土地的欣喜。
究竟是哪一刻呢？言辞的哪一刻？酒的哪一刻？它开始说话。

下雪了。雪按住词语上的噪音，大部分工作已经完成，只剩下性感的等待，等说尽的事物重新开口。

交谈从外部进入内部，我们于瞬间就完成了节奏的转换：酒点燃身体火焰，融化知觉与温度，眼耳鼻喉都在皮肤上发梦啊。而词语用寂静说着话，耳鬓厮磨，白头到老。

下雪了。我们广大的内部空旷又孤绝，面对面坐着，一动不动，只有眼睛在白色的时刻中奔跑，无边。

白色的眼睛，从死事中睁开的眼睛，更新的眼睛，在崭新的形象之间奔波。

下雪了。眼睛的雪，嘴的雪，瓷器冷光的雪，松木火焰的雪，一个人的雪，一切的雪。

下雪了，雪从土地落向夜空，从一个人落向夜中的他人，从一个时刻落向众多的时刻。

下雪了，你下着雪。
下，雪，了。

宋楹

丘吉尔或卡斯特罗·8首

彼　此

清晨的港口浓雾弥漫
我触不到你
你的气息、脸庞和灵魂
道路，丢失了目的地
重山、大海、渺远纷至沓来
谁，可以获得平静

一只蜜蜂失去了蜜糖
一个名字躲在呼喊的背后
一种疼痛唤醒另一种疼痛
谁，打开了黑夜的门

你写，离别为了重聚
我念，此生不复见
在一片火焰涌动的大海上
我们收割彼此
我们遗忘彼此

三　月

三月，你是新的
绿在你的树上葱茏
风一吹，就长成一个好事情

三月，你是我从没见过的温柔
你捕杀猎物却见不到死亡

三月，你下雨却没有人在雨中哭
我的吻也是一滴滴雨
印落在你的河里

三月，你是说谎者的敌人
你清除了一月的冬雪
伏击了二月的乌云
你像月光充满了我

你如此地适合我，就像甘蔗
适合制造甜

一颗柿子

再迈一步就是深渊
天空却如此蓝，我只看到了云

阳光拿出最好的银子
造出苗家姑娘的头饰
同心桥上我问你：“人有来生吗？”
“没有！”你说

同心桥摇晃着我的终点
高处有这么多柿子，只有一颗
是我的心事

奔跑的树

做一棵会奔跑的树
一棵向着你奔跑的树

把人群推到身后

把道路推到身后

把悲伤推到身后
带着阳光、鸟鸣
在你呼吸的地方停下来

白　马

梦有什么用？
每晚，我在玻璃窗上画一轮瘦月亮
越画越瘦
你引火点燃我的影子

白马奔跑在深空
我在黑夜的蹦床上翻转
一次次跌进深渊

焦渴的十月，树叶张开嘴唇
你举起一个空空的杯子
我的河谷就涨满了水

丘吉尔或卡斯特罗

我不抽雪茄
但喜欢看你抽
当你的手指俘获一根大卫杜夫
你的眼睛就射出如刀的锋芒
此时，你是摄我魂魄的男人

你不动声色
吐出一个个白色的烟圈
空气里弥漫着奶油、蜂蜜、坚果、可可、咖啡
随着你的喷吐，房间变成牢房
我无法挣脱你烟雾的镣铐

你捧起我的脸
我和一根雪茄把你争夺
奶油，蜂蜜，坚果，可可，咖啡
我的喉咙被一阵酥麻裹挟
我身体的飞机在雾中坠落
我不知道你是丘吉尔
还是卡斯特罗

一次次死去

水抱着水
我们是一片翻腾的海
牙齿咬进肉里
从肉里跑出一头更凶猛的狮子
你抽出我的一根头发
就可以把我变成一条大河
无论黑夜还是白昼
我们躺在粮仓里
却总是感到饥饿
重与轻是相同的
给你与要你是相同的
为了证明活着
我必须一次次死去
抓着你的名字

肉体只是钉子

在雨中，我们紧紧抱在一起
我们狠狠地爱着
肉体只是钉子
被我们狠狠地捶打
每捶打一下
身体就更加相信
爱的真实，就会看到
灵与肉被捶打为一体

泉子

他们曾作为天造地设的一对 · 9首

枯　叶

你必须在死亡中理解生，
就像你必须从一片枯叶中萃取永恒。

夜幕即将垂落

夜幕即将垂落，
恰是这人世最苍茫时。

祖　母

祖母的死是她为我送来八岁生日礼物，
那从围兜中取出的
十个土鸡蛋不到一周之后。
她骤然离世的前一天，
我的两位与她生活在同一个屋檐下的伯母
发生了剧烈的争吵，
她因阻挡其中一位手中挥舞的钢叉
而在手心留下了
一个细小但极深的伤口。
祖母的死讯是由三伯父带来的。
我们一家人正在院子里，

整理经过整个通宵打下的稻谷。
我依然记得父亲在最初的瞬间，
仿佛被冰冻结住的
一张疲惫而震惊的脸庞。
祖母嘴角的白沫还没来得及拭去，
而她的脸庞依然是安详的。
葬礼随即成为
一个节日。
我领着一群同龄的孩子
在人群中穿梭，
并为他们不敢像我一样靠近祖母成殓后
停放的棺木
而暗自得意。
我依然记得葬礼上
那碗因泛着油渣
而有了一种奇异之香的面条，
以及在送祖母上山落葬的
泥泞山路上，
我在哭天抢地的送葬队伍中
流下的眼泪。
而悲伤直到多年之后
才一次次醒来，
当我渐渐地，
又仿佛在一个刹那间
理解了
那永远的告别。

你越来越坦然

你越来越坦然
去成为一个孤家寡人，
对应于你对人世从来之艰难的
一种越来越深切的体认。

在月球上不会有声音

“在月球上不会有声音，
因为那里没有大气层。”
当点点把科学老师刚刚教给她的知识
转述给我时，
一种巨大而莫名的惊诧
在那一刻突然捉住了我，
而我曾那么
那么强烈地渴望，
我此刻的呼喊，
终于能从另一颗遥远
而古老的星球那里
得到回应。

最　初

最初，要向山中撷得一组诗，
你才觉得不虚此行，
后来是一首、一行，
更后来
只需移易一个词、
一个字，
直到你终于发现
并惊诧于你所有经过的
恰是那最美好的
山水与人世。

没有什么能伤害到你了

没有什么能伤害到你了。
而你依然会因人世
这从来的寒凉
而忧怀、感伤不已。

吴　山

吴山并非吴越两国的分界点，
（在过去十几年中，
我曾一直这样以为）
而是古吴地最南端的
一座声名卓著的山丘，
并让世世代代的眺望者
得以纵目俯瞰
那曾将吴越两地隔绝在两岸的
浩荡，而不舍昼夜地奔流。

他们曾作为天造地设的一对

他们曾作为天造地设的一对，
作为人中龙凤而为乡人们所艳羡。
她曾是这个乡镇唯一幼儿园的
最年轻而漂亮的一位老师。
而他则是乡政府中
六个有编制的工作人员中的一个。
生活之种种不如意
始于他们结婚三年后
依然未能育有一子。
最初是婆婆的冷言冷语，
之后，
他们一起悄悄寻医问药。
丈夫作为绝精症患者
并没有让她有丝毫的解脱。
大约半年后，
是他率先提出，向他们共同的好友——
一位年轻的乡村中学教师借精。
他是那样的风流倜傥与智识超群。
他们都渴望一种优异的基因
在他们后代身上得以延续。
事实上，一切恰如所愿，
很快，她生下了一个胖小子。

而风言风语始于孩子出生之前，
并伴随着乡人们在孩子的眉宇间
找到越来越多生父的影子，
而在唇齿间
席卷成巨浪，
并伴随于一个曾经的
坚固同盟的瓦解。
他们终于在一次
剧烈过一次的争吵中离异。
之后，她背负着水性杨花的骂名，
独自带着孩子来到了省城，
并在一家郊区幼儿园
找到了最初的落脚点。
生活的压力没有变得更大，
也没有变小，
而是获得了新的面貌。
或许，相对于乡人的交头接耳
与指指点点，
这里展现的
是生活更本真与原初的一面，
除了一日三餐，
更让她焦灼不安的是房租
与孩子的教育等费用。
之后，她先后做过钟点工、酒店服务员、
保险公司业务员……
在此期间
她曾与一位同样离异后，
在这个大都市中打拼的老乡
短暂地同居过，
这位泥瓦匠，
曾为她提供过
一个温馨而安全的港湾，
但很快又因气质与志趣的落差
而分开。
人生的重大转机
始于一个极其偶然的机缘，
一位保险公司的前同事

约同她跳槽到一家房产中介，
并伴随于这个国家长达二十年的
房产牛市。
大约在十年后，
她成为这家房产中介的店长，
并在这个寸土寸金的都市中
买下了第一套房子。
在她拥有自己的房子后不久，
她找到了
一个终于可以白头偕老的男人，
并给予一个故事
以童话般圆满的结局。

发现

Discovery

诗建设

404

404，原名越槟，1993年生，写诗，现居广州。

无消息颂

愿隐没成为我发光的方式
——菲利普·雅各泰

没有一个神爱回信。世上的钟声
全都冻住了，得过好一会才能化开
后来遍地都是轰鸣，但没有什么
比从未响过的那一座更像钟了

你的锤就是这样找到了我的钟
突然间我沉寂了无数次的钟
响了一下而且就一下而且没有
什么比这一下更能决定命运的了

世界不再被震荡之时，在每一件
磨损过的乐器上都恢复了童贞
关上的门又被风轻轻吹开，仿佛
还会有人来。你的未来像极了
河面上越来越小的那块冰，稳定
而又虔诚地融进你本来就是的水中
再也无法被认出来。我也在水上
但我素来只关心舵的事情，一点也
不在乎浪有多大，或船是否会沉

我不大会跳舞，但使我靠近你的
每一步都是绝妙至极的舞步，连我
也没办法再跳上一遍。我们找得
最欢的时候，我们在彼此身上藏得
正好，现在我们多像是那双后跟
快被神磨坏的舞鞋，已成为舞者的
一部分，比我和你更加不可分离

世上总是充满了一半一半的话

而夜曲能覆盖的超过了夜色本身
我想说的，正如一窝被母猫藏好的
幼崽，还在昏暗中吸奶。就这样
我们互为答复，没有什么消息可回
令全城的天线足足轻盈了一整天
相比于四处去交汇，我更愿意化为
宁静本身，去做波纹一生的侍从

不会跳舞时要跳的舞

> 我在乎的是人为何而动
> 而不是如何动
> ——皮娜·鲍什

我们走过的大地，只要有我们用过的
一个词在那里，就远远算不上荒野
我们独自度过的那一段夏天就是盛夏
不可遏制向我们下垂的那部分黑暗
才叫夜。没有叶时，树更像一棵树了
不再依赖响亮的枝叶来辨认新天气

重要的并不是从神的呼啸中听见他
必然的低语，而是从他的低语中
听见他可能的呼啸；诗无异于酒事
是我们完全耗尽一个夜晚就可以
从神那里拿到的空瓶，那很可能是
我们身上最后的受难体。重要的
并非神对于快门的决定性损耗
而是如何越过一首诗天生的黑暗
对随时会裂开的大地保持着舞步的
警觉，一个词一个词地认领那份
必然的消散，并且让每个词都朝向
没有词的那一句；最好每一个我

都能使后来的那个我中始终充满着
洗手的声音，令我们的可能性像
我们的命一样振动；不求我们那点
致命的火焰用对地方，只求一个
足以从里到外灼伤世事的理解
并把它养在每件事旁边。重要的
从来不是玫瑰的损耗，而是损耗中
到底有无玫瑰在诞生，玫瑰总是
比正在嗅它的那一位更知道他是谁

也更富有缴械的天性。假如我必须
成为另一个才能彻底成为我自己
那么消亡就是只能跳一支舞时我要
跳的舞，我要从这一夜跳至另外一夜
带着洞穿人，也把人无边无际吹入
他所爱之物的晚风，比他所是更多地
也比他所到更远地，并且在大气中
回报那些最轻盈的存在。真实的内心
总是四处冒烟的，爱不过是反复地
视己如柴聚而烧之，晚风扶正了注定
要交织的火和雨，无风扶正了轻烟

我被你看见的部分是你的夜晚，我
不被看见的部分才是我的夜晚，不借
舞步，甚至不化为乌有便不能穿越
此时夜仅仅是整份黑暗中还在缩小的
某个省，有着月亮那样难以取悦的
中心，此时月亮好看不在于圆缺大小
与明暗，全因为你也在看，而且是
在我看不见的远处看，而消亡就是我
不会跳舞时要跳的舞，我只跳一次

宇宙的伸缩实际上只靠一层隐秘而
周全的蛙皮，我心中最野的部分

一夜新似一夜膨胀着，并往外渗出
比时空本身还细密和温驯的毒液
在那里，即使无毒也无人能够触碰
说实话，有时我想进入你的消亡
甚于进入你本身。在消亡处，波纹
会更好地理解水，在消亡处我又
为你跳起那支舞，这一次，我无须
停下舞步也能与你有使我成真的
一握。这一次，消亡是我不跳舞时
要跳的舞，只能由我单独跳的舞
告诉我，我最后是如何消亡的
我就告诉你，我是不死的哪一个

只要人时时刻刻都把自身视为一个
消亡者来使用他的脚，舞步就会
无可避免地出现，就可以在消亡里
仍和原来的大地保持住一个还在
旋转的脚尖的接触，我喜欢在尽头
放一盏灯来作为日月小小的延续
在那里爱是毁灭唯一的观测点

最好的舞总是不在者跳给仍在者看的
良夜的消亡，向来只以部分的星辰
示人，并且在各种意义上都激越
又漫长，恰似一个浪的寿命正好是
它余波的寿命。你是整个消亡中
最接近鲨鱼鳍，划开众水的那部分
至少露出来一小块，不像神，远远地
活在幽曲中央，不会有现琴的一刻

致万一

Mo Cuishle

仿佛没有我们
我们也可以成为我们
——保罗·策兰

一切尚未开始，风已从最静的
那棵树上吹过来，一切皆告结束
风还在无端地吹。以一个永恒的背
转过去的人，无一不是在护着他
仅有的火焰，他只能这样，不会有
比这个背更忠诚的东西。在那里
每个词都曾单独面对过毁灭，每次
开口都必有长久的沉默作为斧柄
你一个人的时候更像我的爱人
我也在你看不见的地方抚摸着你

市中心有块地，终于摆脱地价的
虚无，回到一点一点长草的快乐中
我宁愿相信，是神沉睡了整六天
而世界在他的忽视中猛烈长成
我有一份无法被征服的寂静，是
钟不属于钟锤的部分，在钟声
所能摧毁的事物中，你广泛而又
警醒地存在着，在钟声重建的
事物中，你作为它本来的钟隐去
回响使全城的小巷第一次有了意识

我怀疑暴雨才是昨夜城中唯一的
善者，盗窃、相见或者分离，都得
暂时中断，再大的事也得推迟到
雨后再干，除了回家。宇宙中只此
一夜，只下雨而不发生任何事情
什么都停下了，除了对明天的恐惧

变暗的友星仍无须召唤地上升着
但也只在我更暗时才能被认出
不必熊熊地望我，甚至都不必有
闪耀，除非是为了你自己。于
最深处你和我无一例外还在独自
前行，和一切出现前那个自己
没有区别。只有当我消逝得比你
还快，你于我而言才是存在
才如此地不可抗拒：整个无限
崴了脚似的一个劲往我这边倾斜

无论我们有什么，都只有一半
你只能用会死的那一半去爱
火焰教不会的一切，烛烬来教
在这个什么都必须化为酒后才能
入口的时刻，让我们好好小抿
仅有的那几滴佳酿，然后去痛饮
一切苦的、劣的乃至不能喝的

在不一定会也不一定要抵达的
对岸上，你将会看到，波浪是我
最全面的朋友，而我能看见你
还能游向你，全在于我只比水面
高一个头而绝不是别的，但愿
最后我还有从那边游回来的能力
那些被摁下去的，那些又浮起来的
都是存在，听说这一切都伴随着
钢琴曲的诞生，听说在这一切
都消失之后，仍然有钢琴曲诞生

幸运的话，我们终于可以无愧地
躺下，在我们亲手扫过的地上
反复扫过，不出于爱干净的缘故

仅仅是为了确定自己不是压在
谁的上面。所谓心也不过是两片
已不能再薄的嫩叶，含在一无
所有者的嘴里时被吹得最为响亮

所谓活着无非就是在这段路上
无杂念地散完这颗心，然后什么
也没有地再散上一小段。有风
就够了，亲爱的，有海风则太多

但丁的要求

言语，不要怪罪我借用了庄严的词句，
又竭尽全力让它们变得轻盈。
——辛波斯卡

米开朗琪罗为了赋予整个向上升的运动
一种无法抗拒的轻盈感，势必让他的人体
皆有着十分厚重的肌肉，因为重而更加地轻。
这就是艺术的关键所在。
——加缪

我在昨夜的全部努力，都是为了
逼迫今天从更深的地表升起来
曾把人举到高处的东西突然没有了
想到是这些完全不足以支撑我的
还在支撑着我，我就愈加摇晃起来

云雾很有尊严似的铺送着晚霞
路灯也已被栽种在有序的黑暗中
只有神在已然饱满的万物上独享着
添加的喜悦。终于，大地还是在

不计后果的诚实中四处裂开了
亲爱者总是突然到来但也不走得
更远，必须又充满感激地分离
同样不会离得太远，仅使这个世界
更大更冷清，更像是我们的世界

对于这团犹豫不决又烧得到处
都是的世界之火，我一直都怀着
救火般的爱。或许我们一生都是在
调整与一团火互惠的距离，都曾
慷慨追逐过那种连自己也没有办法
受用的光亮。有时我竟忘了只有
在记忆中，苦与甜才有机会去完成
短暂的分离，我无法享用的混乱
不过是东西各在其位时世界的模样

你曾深陷的大火，现在我已从其中
挣脱，毕竟是一块刚受过良好教育的
红炭，难免以整个变轻了的自己来
急躁地闪烁，像我们身上浩大的逝者

此时鸥鸟正无知地掠过迅疾的湖面
好像活在这个世上，根本不需要
去抓住什么，而且所有人最终都能在
平息自我的过程中获得这样一个湖
只映照不主张，我会以全部的水来听
来隐藏乃至制造最初的波动，直到
细盐的露出，使浪涛的统治得以巩固

无论我们背负着什么，我们背负的
必须能够放在一只蝴蝶的身上，这是
运送的秘密：来得再远的轻风吹到
你这里时，必定还是带着麦浪的形状

阳光最好不要太猛烈，使一切显形
不如使一切得到恰当的隐藏。大雨后
寂静仍然是一种被夸大了的存在
我还想在更高的浓度中成为一个人
或者在幽暗的对称中，成为不被
重力发现的一颗梨，和还在变甜的
消逝者在一起，那里，宇宙正被
规劝着发生，所有东西都连在一起
震动，随便抓住一件就知道全部

也许被远高于自身之物所爱的恐惧
唯有去爱才可以消除，我灰暗的
谷仓也必须以全部的紧迫性去面对
一次集中了全部真实、灾难般的收获

我还得以每一阵最后的气力去握住
自己的但丁，因为一个地狱般的要求
已从辉煌的深处不可遏制地升起：
给我以最炽热最严厉的贝雅特丽齐

致张定浩

安德烈必须死

我们所爱之物昭示着我们究竟是谁
——托马斯·阿奎那

I

安德烈呀，那种以一个年轻船头
全部的神力，从此岸一口气突破到
彼岸的廉价快乐，恐怕是无法在
爱的外面轻易享有了，我还想再做

一次无端的鱼王，不再渡送什么

是不是在爱里我们依然要确立起
种种偏爱，如旗杆那么绝对，那样
只被一部分良布心虚地攀着爬着
是不是哪怕我们已走遍了大地
也必定还有一处非去不可呀安德烈

当你在广阔的补饮之夜感激地
拿出你最珍爱的那瓶酒时，我就
知道一切要不是全错了，就是
都对了。你看上去根本就是一颗
不信夜有尽头的星，亮得可怖
通宵只是夜晚的一半，这样的事
绝不会是最后一次。原谅我想
和你心中本不应该烧起的那团火
有私交已超过你本人，安德烈
世上已没有一种热不是它的余热

Ⅱ

只要还有可能看到的波澜，安德烈
我就还会不断地回过头去，带着
一片死水该有的警觉，正因为你是
你自己，一切才显得更难以辨认
你仅存的那点光亮很有必要地闪着
不闪之时，你几乎是在款待一个
比你自身还要幽暗不少的人，仿佛
宽厚的大雨都应该下得知天知地

不要怪我经常活得如此迫切、严重
如此不连续，安德烈，我总感到
自己不过是一辆只发给初学者用的
笨单车，我在那上面如此不适应

面临着那种必须通过提速而非搀扶
才能抵御的，随时会倒下的危险
我的幸和不幸都来自我可能比一只
已上天的风筝还需要感知到风的存在

Ⅲ

现在你的步伐康健敏捷，安德烈
仍带着最后一支舞美妙的惯性
简直还有一整个世界可以跳。你
以一种良夜才会有的对烛焰的节俭
护卫着你那颗绝无可能被发现的
邀舞之心，一次次走过这些人
这些人虽爱你，安德烈，也摸你
但总是不能触及你本身，就像
满月来回地折磨自己，仿佛只为
确定自己是从其他月亮的后面
而不是地下升起来的。因为一种
比降落更大的激情，你留在了空中
带着大师的晕眩。你当然会落下
但一定是在贯通一切后才落下

终有一天我会带着我的全部卷折
彻底搬进一个尽可能舒展的大神秘

Ⅳ

我什么也不想做时，像极了新到的船
满载的渔获在水上如实摇晃它自己
正因为每一刻都充满着立即谈论
事物本身的需要，我才不得不迅速
又果敢且激烈地活在波心而不是
它可能的每一个波纹之上。安德烈
我需要一到两件确定无疑的事来

镇压无和无常，就好像固定在宇宙
两侧的船桨，你去划和你以全部
臂力去划的根本上是两条船，你以
全部臂力去划的和你直接活在上面的
又是多像的两对桨，安德烈，如果
你不这样划，船与桨就无法连成一体
如果你划，你和我就会如激流分开
但激流不会分开，所以你不停划
不划，又划，你在不划的那一下上
最了解激流，但是你划的那一下
更英勇，每一下都想成为激流本身
随意又充满必须。我什么也不用做时
船已坦荡地按照水的圣旨在滑行
你和我就是这样被神交替使用着的

V

安德烈，我已经不再望向某个人
而是尽可能远地望向他背后的
那个人，每个望向我的人都只会
看见你，你无法逃逸。我已厌倦了
无止境的飞行，飞行而不是滑翔

说实话这些信我并没有细读，我
几乎是直接吃下了它们，回信一般
你是整个上午的涡旋。如今看来
安德烈，拥有长久看见月亮的能力
已胜于拥有满月，我心中生出远高于
希求的东西。我以为我们一夜夜地
以身试爱还不如直接到火焰中来
到那个我们可以说一切全在这里了
而真理只以余烬状出现的地方来

看月亮曾是我们古老而唯一的社交

如今我已经不可逆地退化为那种
一出门就追寻月亮的人，有时夜会
突然有挑战地全然无依据而我们
看月亮，我们一点也没有月亮地看
而且只这样看，这样坚贞地沿着
水的方向顺流直下，永不悔改

Ⅵ

我是那种沉默了很久才会离开
影院的观众，走得越是迟缓
我的每个刹那就越是来自决断
决定都是细小的，从来不会隆重
无论我现在需要的是什么，我
需要的只是一点、一瞥和一小会
正如八哥鸟站在刚好能承受其重的
枝节上，不是休息，而是永远地
站在了那里。它的存在真令人担忧
像珍贵的余粮，原来我也紧抓着
神的衣角不敢放，如果它不在那里
我会突然产生被剥夺了一切的感觉

热水曾安抚过那么多人，热水是
博学的，像踩碎过一切的神之脚底
给过你很多不能立刻发出的脆响
最主要的还是，热水刚好可以
用来掩盖啜泣声。有一次你终于
摆脱了教养，当着我的面痛哭起来
直到上面的那半张脸近乎放弃了
下面的半张脸。现在，东是东
西是西，但刚才并不是，安德烈

我爱那种一下车就有桂花香
扑来的清晨，诗或许就是这样

使现实多了暗中抚慰的一层
世界在一句一句地缩小，我们
必须什么话也不说地穿过这一切
使世上的宁静增加一岁，并且
毫无疑问地开始这一天有如一只
刚找到感觉的犁，因为辩论者
会损失很多吻，安德烈，我们还
得有一块野草消化不掉的空地

Ⅶ

有时你必须把自己清醒而热烈地
悬挂在爱的最高痛苦之中，像吊灯
一般肯定。倘若烧灼只是一连串
使自身越来越纯净的努力，伟大的
柴堆只在一定的分寸上熄灭，爱
也会有星空那样的劫余，可以催促
黑暗别无选择地露出永夜的妆容

那么你会允许自己一次次地灰暗
下去，带着只为火焰所独占的天真
不妨再暗一些，但也只灰部分心
再昂贵地动用那点谁也无法掐灭的
灯芯的知觉，安德烈、安德烈地
亮起来，明灭中的你是一个双倍的
女人，随时都在与什么合二为一

Ⅷ

如果安德烈去海边，她会在海边
站很久很久，尽管她刚从那里回来
它仍然是她最想去的地方。如果
她不去海边，她也会很久很久不去

神绝非平直的。一旦安德烈试图
抱住什么，整个宇宙就会在她
手臂处发生巨大的拐弯。被抱住的
那一个并不是，被抱紧的那一个才是

谁认出了她，谁就在湍急的海上

IX

我多想在强劲的市中心彻底野掉
这颗心，让它与整个无限之间
只隔着毫无防备的第一张小马鞍
让它必要时只由蛮荒的天性来
滚动。而安德烈，你不为什么地
在雪夜中疾走，但仍是那个还没有
远到需要我去找的人，你穿得厚
不冷使你没那么孤独。很可能我们
穷尽一生只是活在有限对无限的
戒断中而已，比如在风暴中吹小风
除非大平静像一个深夜才出动的
应急小组包围了我们，它只对
我们内部自己弄出来的吵闹起效
除此之外，不会有更多的爱了
因为平静本身就已经够多了

很多时候你徒有一把花却不能
用于送赠，无法使空无一物的手
握得更多，你只能使在握花的手
握得更紧。更多时候，你拥有的
类似玫瑰命中的刺，只对自己有用

像我这样的水，如果不流向别处
反而会减少，而像我这样的火

安德烈，你只能看到它在暗下去
暗下去，一点也看不见后面的央求

这一刻我前所未有地觉得自己
不仅活着，而且活着，以水与火
也不能承受的混合在活，以我
还能感知到摧毁的部分在活
这是树大片倒下的时刻，信任
早已来到斧头上。而你，安德烈
我昏暗薄弱又缓慢的小空行母
一封包含你一切的信反而不适合
用来理解你，只因你爱偶然的
足迹甚于一切路，活着于你而言
无非就是在黑暗中举起短暂的
利刃然后玫瑰先于刺地一死再死

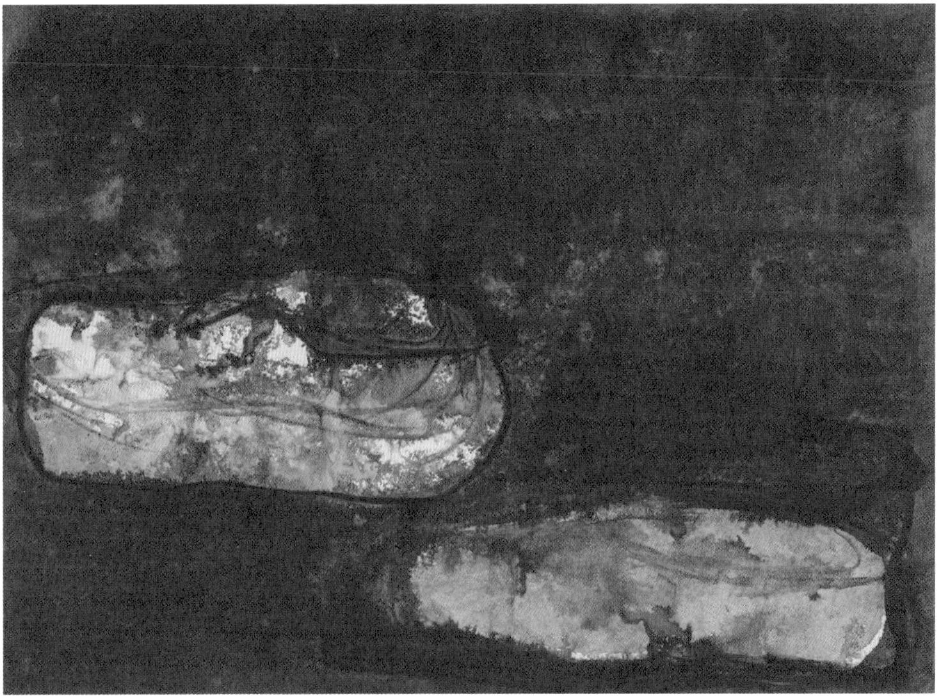

杨键作品
《芒鞋》
37cm ×27cm
纸本水墨
2017

君晓

君晓，原名罗君艳，1996年出生，江西人，现居于杭州。

白

白的出场方式是一直不存在
让我们都意识到
聚在这里的人类，怎么每个都不同

白意味着节制、环保
但他自己才是最大的浪费
浪费时间（我们都不承认时间）

他找到了某个字母
不在那26个之中，他谎称
那是所有的学者还没有发现的语言

只要计算机再聪明一点
（怎么界定？）AI超越
现有的审美（怎么审美？）

白，生来被上色
隐匿在我们之中
被冠以无邪之名

返　程

1

在前往他乡的堆满人类和行李的
车厢香烟天堂中充盈希望地醒来
火车已经整整两个小时没有停过
窗外的异地迎来秋收时节
两三个农户光着脚穿长袖在田间
尽早地劳作有利于结束

2

夹竹桃漫长的花季令人对整个宇宙的分配制度产生怀疑
而你怎么敢想象
在上个世纪某些皇帝只拥有在午门内摔死老鼠的权利
红日隐现在靠近城市的乡村之上
好吧，至少天听之刑已下达——这拥挤漫长的旅程
我们必须面对彼此，无论是什么样的姿势

3

同样的目的地，同样的疲乏
同样的失去光泽的珍珠
组成了她头上精美繁复的方巾
当你极力赞美，第四个小时
发生得如此迅速且自然
群山再次绵延有序
再也没有余地致使其改变

4

第五个小时，我宣布我已经爱上众多朋友之中的一个
他是没有忠诚度的情人，是药效有限的止痛片
他不知道松针与松毛丝分别代表的含义，也没有真正体验过
相隔约2千米的两座村庄各有特色的口音
但是我知道，我始终在等待回复

5

第六个小时，超重的帝国
向它的子民宣战
城市与乡村经历剧烈震荡
分隔成暂时完全不可收复的杜兰德线
这永久的心理与地理的隐患

像抵达目的地之前的倒数第二个站点
你永远也不会想到，我此刻真正在意的事

6

短暂的停留过后，我们复而前进
向着可知的电脑主机上发射火箭的办公室
向着浪费的围墙铁丝网歌唱情怀的破小区
……
是的，我们赞同垃圾分类
（理性环保，感性实施）
在一片即将贫瘠的土地上，必须做那棵最高最壮的桉树
伪装很有经济价值

7

旅客的面貌进入遗忘倒计时
正午的劣质绣花穿过两节车厢
你应该让自己快乐，应该将
重庆飞往拉萨的高原群横亘在
现实与车窗映射的逝去之中
我们更像是被安插在征程细碎的
不重要角色，不具备署名资质
以及可观的片酬。他们说要把我
“一直关在那里面”。并且我相信

Mil酒吧

当颜值成为必要的招标条件
艳遇与背景音乐都变得多余
“即日起，我将承认您的帅气”
像李尔王驱逐人鱼一般坚定
唯一的镜子并不是违禁语

从酒吧的这头走到那头
无论说什么或者做什么
都会变得不容置疑地快乐起来
陌生人、见过一两次的人
因为相似或者偶然的缘故聚在此处
酒精、果汁、使灯管发亮的荷尔蒙
脸红上升，了解度上升，氛围下降
“我们的穹顶是英式的、严肃的”
我们的关系暂时并且稳固
像一场谈判中的乙方和丙方
最终的目的是与甲方达成一致
“并且从内在到外在都十分满意”

留恋地

我寻找你突然而来的柔情
——安德拉德

快要抵达的站点
因傍晚漫起的雾气迷蒙
变得看不清也听不清

当我们在车窗敞开的公交车上
交谈，闲聊，隔着一座温柔的冰川
呼吸料峭，游弋，终于冷凝

春的疲倦暮色落暗城市
以及紧闭多日的大学、河道、公园
塑料星星和塑料月亮散发积满灰尘的光

仿佛这种明亮并不在现实之中
身后的景致却比我们更快抽身
它们没有必须通过的关卡

它们的温度和实质藏在
我们触碰不到的地方
而又以另外一种形式显像

我们进入地铁，乘2号线中转
消毒水在电梯扶手上
也在写着——没有旅行的生活
只能称之为生存的海报框内

在橱窗后面贴满金箔的空商店
我们于此分别，各自继续前行
像街上即将涌入和分散的所有人

像还没有营业的药店门口的通知
这既是一种既定事实，也是还会转换的状态
无法规避，也无法确定结果

幸运的和不幸的事情是——
我们已没有武器
无法伤害别人，也不能保护自己

但我们还是可以
回到暂时安全的地方

暴　食

这巨大的安静源自超越听力的声响
它有自己的专属名词，和不被提及的权利
她也隐藏着自己，在一整面墙新旧交错的海报内
悄悄地吃掉教皇的领土，紧接着又吃掉了一个正值盛年的帝国
在多肉植物、苎麻叶和上升的水蒸气旁边
她是被定型的塑料盒，不再想要有任何蠕动的意象

而目光之外，半透明的会议室场域，他们保持距离，交谈
像那些玻璃立面建筑，互相反光，做出水波纹般的定论
她在无限荡开的涟漪中失去了尾针，她是迷路的蜜蜂[①]

①源自哈特·克兰《天堂的蜜蜂》。

春　寒

夜色中的鸢尾像躲在暗处的蜂鸟
作为这颗行星的局部
你偶尔沉湎于水中花的倒影
它飞走时，留下那些细小的明暗差异
依稀呈现出模糊的真实本相
但停下脚步，像突然停止自转
也停止绕着太阳转，一直到整个银河系
都完全静止不动——这是不可能的
也并非完全不可能。若干年以后，
尼安德特人的基因占比超过智人
我们的语言、发声方式、字母表
变得和今天完全不一样
生理构造也开始返祖
今天发生的事情成为
未来会再次发生的事情
像那个艺术数学家的几何绘画
像一段似曾听过的旋律
当污水塘试图在它小小的帝国中
还原你不规则的
在地面的肉身尺寸和比例
音符是我们的计数暗语
不遵循二进制，也不遵循十进制
你会听见它，低低地飞过园丁精心剪坏的时日

伪本能

一些时候我们忽然忘记的词语
忘却的感觉，像是在无人便利店
面对没有感情的自助收银机
往外望去，门口有低矮的草莓树
以及售价低廉的盒装腐烂草莓
一切标着具有诱惑力但不真诚的折扣
我想到早上发生了一些不愉快的事
这种不愉快是对丛林里的突然落下来的
彩蓝尾羽的飞禽感到惊讶的愤怒
而它也被这恐慌持续地冒犯了
此刻，已是冬天河水泛绿清澈不见底的
下午，图书馆门口挂着“今日不开放”
并没有新超市开在幼儿园对面

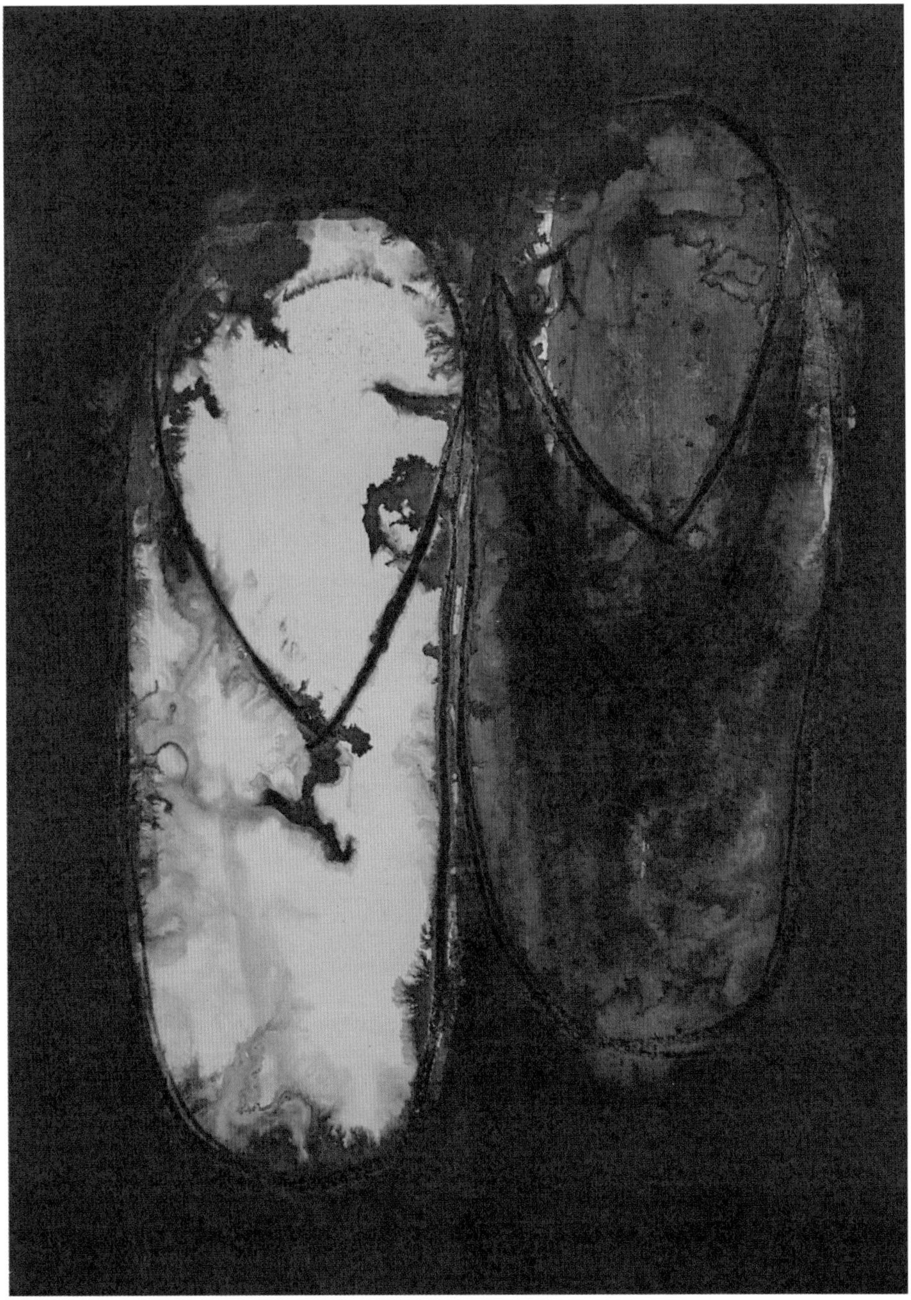

杨键作
《芒鞋》
61cm×44cm
纸本水墨
2016

跨界

Crossover

诗建设

杨键

1967生于安徽马鞍山。曾先后获得首届刘丽安诗歌奖、柔刚诗歌奖、宇龙诗歌奖、全国十大新锐诗人奖、第六届华语文学传媒诗人奖、骆一禾诗歌奖、袁可嘉诗歌奖，多次举办过水墨个展及群展。著有诗集《暮晚》《古桥头》《惭愧》《哭庙》等。

关于美的十三段话

杨键

1

我妈妈去世后三天脸上出现了一种她一生中我从未见过的出世之笑，如同巨然、董源的山水画一样，出世之甘甜轻漾在妈妈的眉宇之间，这出世之笑使我顿时明白了中国山水画的价值原来就在出世与离尘，那出世与离尘之美如同妈妈的笑非语言可以到达。

2

汉武帝那样伟大的人物，写的《秋风辞》也以为生命是那样苦涩短暂，欢乐是很难长久的，那样的英雄人物用的是这样低调、阴柔的语言，与生命的本来相契合。强者的语言生态，倾向于火，从二十世纪一路绵延下来，我更倾向于水，以天下之至柔驰骋天下之至坚，柔弱的语言生态是水的生态，这是我认为的美。这样的美还有一个特点，就是无常。汉代伟大而简约的《古诗十九首》就是写无常的，那些无常诗读起来如同蜜一样。《金瓶梅》《红楼梦》的作者是因为对无常与空性的深切了悟才有了这样的在语言上的慈悲的兴起，我们的时代对无常没有什么感受，才有这样大规模的消费和娱乐，汉文明的衰落由此可见。

3

美的另外的特点是诚与朴实。我小时候有一个同学，他脸上没有别的表情，就是一个诚。诚不需要识字，跟文化没有关系，它形成了，到今天也没有消失，诚是一块宝玉，它的外衣就是朴实。被褐而怀玉，讲的就是这个意思，这是我认为的美，返璞归真，水落石出。

4

我主要画三类题材，一是芒鞋，二是钵，三就是雪景图了。我画芒鞋画了许多年，成天就是画这一双鞋子，其味无穷，尤其垂直而立的鞋子，我画了很长时间，这种图式可以找到一个对应物，就是郑思肖画的无根的兰草，如果把我画的这个鞋子同它并置在一块会很有意思。这双鞋子还有另外一层意思，就是在我出生的时候我就是一个没有故乡的人，这双鞋子其实是对故乡的寻找。相向而立的鞋子，这个形象来自我师父的师父，民国高僧能海大师，他在五台山圆寂。他禅堂上有双相对摆放的鞋子，一直留在我的脑海里，一直到前些年我才把它表达出来。《六组坛经》里说，你能见到你的本心你就解脱了，你能见到你本来的样子，你就是佛，见不到你就又白活了一场，得继续去轮转。也就是说，我画这双鞋子的目的就是得回到内心中去。

5

我画的钵并非静物，我是把它当作最高的精神物来敬畏的，一百年我们都在拿来，如何同它告别，重建我们的，这一直以来就是我的使命。讲到重建，就是我得明白我是在废墟上生长的，我得清楚废墟是如何形成的，还得清楚我在废墟上能做些什么。可是从哪里开始感觉都不对，无论西方还是我自己的传统，我最终选择的就是离自己最近的一口碗，但是光有一口碗也太苦了，我就将一口碗转换成一口钵。也许，这就是文明。在此之前，我的处境就是废墟，我不能对此说谎，我对废墟上长成的东西有一种天生的信仰，这当然是少数人的事业。艺术的希望所以渺茫就是因为没有置身于废墟之感，艺术才沦落为游戏与技术。

是的，在我画碗，而且说其中一粒米也没有的时候，我是有所批判的，因为离中国人最近的就是这口碗了，而当我将那口碗画成一口钵的时候，确实，我是希望物化与非人化的世界有所变化。画里面只有为了钱的修辞，而没有内在的超越，有何意义呢？艺术的使命，如此新，如此陈旧，新的化育，从何而来？我喜欢隐逸内圣的小人生，那种波澜壮阔的大人生太吓人了。世界范围内的艺术都在趋向于雷同，如果今生幸运的话，我希望将难以言说的自性带入我们的艺术，那是我们的艺术里最珍贵的东西了。

6

中国人爱画寒山，其实也就是雪景图。王维、范宽、李成，直到文徵明，皆如此，雪景寒林自有一种威德，在墨海里放出大光明。寒山乃本色之山，是一抖落尘埃的净界，也是一孤往的世界。寒山、寒云、寒潭、寒江、寒月、寒天、寒林、寒亭、寒寺……寒是中国画的面容，清水淡墨是其颜色。寒山其实跟冷热没有关系，与四时也没有关系，它是在冷热之外、在四时之外的一座永远的寒山。因为中国的苦难太多了，每一个朝代皆有，所以每一个朝代都有一座寒山，一直绵延到清代，民国的时候就没有什么像样的寒山了，今日中国更是如此。它是对我们置身其中的苦难的净化与提升，其内里是智慧，外表是干净而安静的，这样的寒山不仅有厚度，有深度，也是有重量的，同时也是轻盈的，是可以飞翔的山水，也是可以随时安住的山水。我是在画了很久以后才与自己诗歌努力的方向一致起来，我喜欢一张画有那种枯干、寒凉的感觉，与我所体会到的苦山水一脉相承，倪云林、八大，画的都是苦山水。我的画，同我的诗很像的，人不在了，只剩下苦涩的山水，只是一种悼亡。因为我喜欢冷清的、悲剧的、哀悼的、无力的、消极的、低下的，所以我喜欢用白色的丙烯，这是我的时代的本性之色，因为我画的山水是苦山水。

7

我跟雪景图的缘分很神奇，我有三幅喜爱的雪景图一直挂在家中——当然是复制品了。一幅是宋徽宗画的《雪江归棹图》，寒气逼人，一个皇帝可以在艺术上达到那么高的造诣，确实非常令人惊异，他27岁就发明了瘦金体，这个太了不起了，能发明一种字体，这在书法史是非常罕见的。他还创办了画院，兴建了园林史上非常重要的艮岳，创作《千里江山图》的王希孟，就是徽宗的学生。第二幅是唐代王维的《雪溪图》。我很小的时候看过，一直刻印在脑海之中，记得那幅画小而荒寒，令人过目难忘；第三幅是范宽的《雪景寒林图》，这幅画是范宽隐居华山的时候画的，你只要注目它一会儿它就仿佛可以冒出金光。我觉得每个中国人家里的中堂都应该挂一张《雪景寒林图》，人生的威严、端庄、珍贵和尊严才能显现出来。

8

没有文，没有人，何来文人画？20世纪初辜鸿铭就迫切地四处告急，奉劝人们对这个民族要抓紧时间看上最后一眼，否则你就无法再看见了。他要人看什么呢？无非是文，无非是人。他曾经说过童心与成人的智慧造就了最完美的中国人，其温良是难以用语言去表达的，在那个时间的节骨眼上，辜鸿铭一定是感受到异化和废墟马上就要出现了，这真的是智慧之眼，也就是说，在那个时候，文和人都已经进入了尾声，到了我们又能看见什么呢？这是其一。其二是，我们历史上伟大的文人画家其实皆是放弃今生、契入无生的人，我的想法很简单，得有文人才能有文人画。历史上，文人画的巅峰皆

YJ

杨键作品
《钵之四》
120cm×86cm
纸本水墨
2017

杨键作品
《芒鞋》
25cm×37cm
纸本水墨
2017

杨键作品
《芒鞋》
86cm×60cm
纸本水墨
2017

是因为出现了巅峰的文人。也就是说，文人画的兴起必得靠伟大文人的兴起才可以出现，而这个伟大的文人一定是个放弃今生、契入无生的人，比如王维，比如倪云林。放弃今生不是一个恐怖的概念，今生太短了，你不放弃你就很难有超越，你不在空性里，你就很难有兴起。

9

生生，是汉人非常伟大的生命观。生生，就是所有生命本为一体，正因为一体，我们的文明才是一种无隔的文明，正因为无隔，个体和其他生命之间才不会有障碍——只有在这种状态下，艺术家才能成为艺术家，诗人才能成为诗人，拯救才能发生，否则一切都没有办法完成。生生，和佛教讲的无缘大慈、同体大悲，儒家讲的天人合一，庄子讲的齐物，都是一样的。在那个时候，中国与整个东方，或者说是世界范围，在认识上，是在一个高度上的。生生，就是生命本来的样子，活泼泼的，无来亦无去。

10

有时候我在想，我们使用的文字，我们使用的墨和笔，东坡和云林都用过，可是我们就是没有他们契入生生、契入如如的心了。这才是我们很难成就文人画的根本。是啊，你得放弃今生，你才能契入生生，生命的通境就是生生，我们唯有在生命的通境里才能重建我们的文明，这是不言自明的事实，前提是，你得脱略声色，你才能契入生生。你得有一颗齐物之心、天人合一之心，你才能重建我们的逍遥游，你才能重建我们的桃花源，你才能重建我们的归去来兮。

11

我看王维的画，常觉得是孤单的凤所绘。宋徽宗也一样，以诗性而生，以诗性而灭，自始至终，诗性第一位。倪云林的画，也同样是孤单的凤所画，就那么几座山、几棵枯树，就那么一条不算宽阔、不着一笔的河水，却能寄至味于淡泊，总是以一种软弱、无为的精神来与山水相连。我看八大的画，多像李煜的词啊，亡国味多浓啊，“四十年来家国，三千里地山河。最是仓皇辞庙日，教坊犹奏离别歌”，“世事漫随流水，算来一梦浮生”，“林花谢了春红，太匆匆”。我看髡残的画，亦觉得是孤单的凤所画。看渐江的山水树木也同样如此。多年前我曾在上海博物馆见过渐江的一幅原作，印象中画的是冰天雪地中的几棵姿态纵横不羁的老树，我平生从未见过这样的寒冷之作，好像在瞬间掉入了一口冰冷刺骨的古井、一个奇寒的冬天。

中国的这些士大夫画家也许一辈子领悟的就是一座山、一棵树、一株腊梅。

陈洪绶画的那些人物太像孤单的凤了。

转化之机在哪里？

我想，一是心性之充沛，二是坚守那凤孤飞的信念。

12 年龄越大，我的目光越是黑白的；年龄越大，我的目光越是钟情直指的水墨，越是信赖它的鉴照之力。一幅水墨打开，灵魂一目了然，来不得半点作假。可惜的是，伟大的通神的水墨时代，在我出生之前就已经远去，还有几个画画的信赖这黑乎乎的墨汁，如同买菜的还有几个知道谁才是真的农民？我画水墨，如同哀悼山水，我写诗，如同哀悼汉语。水墨是一种魂魄性的材料，其本质就有一种超越性。以我之见，新诗与水墨还得有佛教的介入方能完成超越。没有超越，意义何在？水墨在这个越来越相似的世界里孤零零的，还在持守着它的桃花源，这个桃花源不是幻想中的，而是靠修行真切地得来的，过去好的艺术家其实都是修行人，这同今天的差别很大。常常，看着黄公望的《九峰雪霁图》、范宽的《雪景寒林图》，看着董源、八大、弘一，我感到很羞愧，我们超越在哪里呢？我希望我的画有洪荒之力，就是因为水墨的通神之力，因为它是关于世界与人生是怎么一回事的遗产，是过去汉人的故土家园，现在人都离开这个古老的家园去其他的材料里打工了。水墨越来越像个白发苍苍的证人，但你要是画得好，老年与婴儿可以合一，人性与神性可以合一，谦光与威德之光可以逼人，其他的材料在短时间内也许可以奏效，我相信水墨可以长久地征服人心。

13 毫无疑问，古典的时代肯定是结束了，生命如何在这个时代兴起而不是被遮蔽，这是最大的问题。生命是一个谜，你得用一生与它同行，而美确实不是个稀罕物，而是一个日常之物。

耿占春（右）和张浩在活动现场。

编者按

2019年9月15日晚，“相遇在人可”第一期诗歌讲座在杭州人可艺术中心举行。

本次讲座由杭州人可艺术中心总监何勇淼担任总策划，诗人泉子担任学术主持，对话嘉宾为诗人、文学批评家、河南大学教授耿占春，诗人黄纪云，艺术家、中国美术学院教授张浩，雕塑家、中国美术学院教授李秀勤，诗人、浙江传媒学院教授沈苇，诗人、诗歌批评家、浙江传媒学院教授赵思运。

对话录：诗歌和我们生活的语境

耿占春　黄纪云　等

何勇淼：尊敬的老师们、朋友们，大家晚上好！今天（2019年9月15日），非常荣幸邀请到著名文学批评家、诗人耿占春先生做客人可艺术中心，为我们开启“相遇在人可”第一期的诗歌讲座。作为现当代艺术空间，人可艺术中心一直试图打造一个思想交流、碰撞的跨界平台，把绘画、诗歌、哲学、文学等各领域中真正有思想的人集结在这里，希望生发出一种新的可能。而与诗人泉子的相知相遇让这个愿望真正落地。今天到场的嘉宾都是艺术界、诗歌界的重量级人物，下面有请诗人泉子为我们介绍到场的嘉宾。

泉子：首先感谢何勇淼先生，正因为他这两年多来对我的信任和鼓励，才促成了 “相遇在人可”。相遇源于吸引，源于诗人歌德在两百多年前揭示的，“让这世界重回一个整体的力”；源于诗人、艺术家、思想者那颗共同的心。今天是“相遇在人可”第一期，我们非常荣幸邀请到了当代著名的诗学批评家、诗人耿占春先生。熟悉诗歌的朋友都知道，他是1980年代以来中国非常重要的一位当代诗学批评家；同时，他也是汉语中极少数能持续带给我信心与鼓舞的诗人中的一位。

今天，我们坐在陈雨的梵高画像下谈诗歌。很多诗人曾从梵高的画中得到启发与共鸣。同样，很多画家从诗歌中找到创作的灵感，这也从一个侧面印证了诗歌和绘画之间的一种紧密的亲缘关系。而今天的嘉宾正是由这两个领域的参与者构成，他们分别是：中国美院教授、当代艺术家张浩先生，在新疆游历了近三十年后、刚刚重新回归故乡的诗人沈苇，中国美院教授、雕塑家李秀勤女士，汉语诗歌的推动者、当代诗人黄纪云先生，批评家赵思运先生。

下面首先有请耿占春先生发言。

耿占春： 非常高兴能坐在陈雨的梵高画像下面和各位朋友聊天。面对绘画艺术的门外感让我想起北宋理学家程颐曾有过的感慨：古人为学容易。古代人做学问，做研究，有舞蹈养其身，有音乐养其心，有诗歌养其气，而现在做学问之人却只有抽象的义理养心。由此可见，在北宋学者的心目中，前人的修养更加系统而全面，做学问的方向并没有如同后世那般越分越细。尤其到了当代，连文学都细化成写小说的、作诗的，抑或是写散文的，圈子之间互不来往。事实上，分得越细，人的修养越不全面，我们在某个领域取得的成就就越可疑。所以，我认为保留一定程度对其他领域的爱好尤为重要。

诚然，诗歌、绘画、音乐等艺术门类各自使用的语言符号系统之间有很大的差异，但它们却有一个共同的发端——对生活、生命和对世界的感知、认知与想象。由于专业的分工，我们能够坐下来一块儿聊天的机会很少，而人可艺术中心推出的这类活动，搭建起不同领域之间沟通交流的桥梁，我相信必定会使我们每个人都有所收益。

于我而言，现代最新的一些诗歌和小说总是有办法解读的，但绘画和音乐作品就未必了。我的耳朵好像很陈旧，一听十九世纪过时的柴可夫斯基就很高兴，但最多听到斯特拉文斯基，到勋伯格那一代人能够听懂的作品便越来越少了。我知道这是我的问题，在勋伯格的那个时代，他们共享一种想象力、一种文化背景的认知，而我却不能够理解，这说明我的耳朵训练得很差，这是一双没有经过二十世纪音乐训练的耳朵，就像很多人读诗停留在艾青的时代。所以，人可艺术中心提供这样一个空间，搭建这样一种平台，我觉得特别有意思。在这里，我们的耳朵和眼睛、我们的心智和感受力能够有一个更完美的融合，对来自相同的社会文化、思想背景的内容，能够有一个更贯通的了解。

绘画、音乐和诗歌，我觉得应该成为人文社会科学的共享资源，可惜这一点，尤其在当代中国，仍然有一段很长的路要走。当我们读一些翻译的西方著作，无论是社会学、伦理学还是哲学方面的书，你会发现他们能够自由地阐释同代的诗人，乃至上几代诗人的诗歌。所以，我希望我们能够力图把当代艺术、当代诗歌变成自己思想的资源，形成一个知识的共同体，而不是像程颐说的那般，只用义理养心。倘若我们只用概念完成某个层面上的工作，缺乏敏锐的艺术感知和诗歌的想象力，那么我们在专业领域里所做的工作的深度，就会令人产生一种质疑。

一直到现在，我仍然认为自己没能写出好诗来。我并没有把我自己当成诗人，要真是那样的话，我就不敢动笔了。我的诗集最初交付与出版社之时，我给它起名为“思想的休息”，因为当我不做文章的时候，就会写一些诗，让感觉领域浮出水面，让自己在概念性的层面工作中被稍微忽略的情感得到一种表达。出版社的编辑文飞不太欣赏这个书名，将其改为“我发现自己竟这样脆弱”，并出于好意把我每一集写成的时间（它们实在太短暂）也划去了。这本诗集是分三段时间完成的：1988—1992年为首集，2004—2008年为第二、三集，2018年至今为尾集。2004年我第一次去新疆，在那里游玩了一个月，回来以后便写成《新疆记行》，一共20多首诗，写完了，意犹未尽，又开始写别的诗。2008—2018年期间，我把写诗的事忘了，就像从1992年到2004年是写诗的空白。直到2018年，在大理樱花盛开的季节，我在那儿闲住，好友半开玩笑地对我说：“你住在大理不写诗是不对的。”那是3月份，大理还有一点凉，傍晚我在那儿烫脚，就想到了这句话，“过了很多年，我又开始写诗，在无话可说的时候”。于是把这个感觉写成一个习作。确实，于我而言写诗仅仅是为了宣泄在文章中不易表达的情绪。我认为有时候我写的评论得到一部分朋友的认可，也是因为我读的诗比较多。我知道自己是一个深受诗歌吸引的算是专业的读者，读认识或不认识的朋友们的诗歌，它们确实滋养了我。

写诗，我诚惶诚恐；谈我的诗，我更是诚惶诚恐。我的诗不能叫诗，我一直说是习作。艺术家张浩先生刚才与我说每个领域只有你是外行的时候才快乐，所以我宁愿写评论算是我的职业，写诗算是我的外行，这样我写每一首都不那么纠结，写每一首我都觉得是我的快乐，但愿我们对很多领域拥有外行的身份，拥有一个欣赏者的自由的心态。

最后，谢谢各位！

泉子： 耿占春先生说诗歌他是外行，当然是一种自谦，但又能帮助他放下一个所谓专业诗人常有的对语言与技术的执着。他的诗歌不会言之无物，并作为对“诗言志”这个古老传统的一种持续回应。艺术家张浩先生刚才在下面时提出了这样一个问题：为什么耿占春先生的诗歌题目经常以“论”字开头，比如《论晚期风格》《论诗》《论快乐》？张浩先生显然是有备而来，下面我们有请他谈一谈对耿先生诗歌的体会。

张浩： 今天，可谓是我在人可艺术中心遇到过生面孔最多的一次。在过去的活动中，邀请的嘉宾基本都是绘画领域的，这是人可十年来的一个新面目。

和诗人的往来是我日常生活的一部分。在杭州，我认识不少诗人，并和他们深有交情。我一直认为，相较于画家，写诗词的人更加真实，也更让人可信。因为画家需要一门心思钻研绘画，他只能是画家；但诗人不同，除了诗人的身份，他可以兼有其他的职业，所以诗人是自由的，能够摆脱桎梏创作出真实的作品。我敬畏诗人，因为他们是“真人”。

常有人说我投身于艺术“行业”，我不喜欢“行业”这个词汇，怎么能叫行业呢？最起码应该叫“专业”吧！在绘画创作的道路上，我有永不尽的痛苦和无奈，然而我并不后悔，只要我的作品还能带给别人一点欢乐和希望，那就把痛苦留给自己好了。

读耿占春先生的诗很有意思，他写诗的风格就像写文章一样，《论神秘》《论晚期风格》等。写文章要论，论感觉，论形式，论语言，那么在写诗歌的时候应当如何“论”呢？

黄纪云： 只是一种调侃而已，我是这么认为的。

耿占春： 邵雍、朱熹、王阳明也写诗，但是他们的诗肯定是中国诗歌史、文学史都不会提及的，毕竟这是一些理学家，他们会运用一些直白的写作手法，经常会有一些理念、概念出现在诗里，不像苏轼、杜甫写得那么感人。所以有时候我会姑且原谅自己在诗歌中选择了一些比较概念化的符号，很多诗人一般不这么去处理。用“论”字是一种拟哲学小品风格，也是一种放自己一马的调侃。

泉子：把“论”当作题目的诗歌不多，但以诗论诗又是诗歌的一个传统，苏轼与米沃什都有相关的名篇。我们既可以通过与我们相遇的一个人、一棵树、一朵花来诠释对这个世界的理解；也可以跳脱事与物的桎梏，直接表达对生命、对世界的感悟。我想，这两个通道都应该是有效的。

赵思运先生也是国内一位优秀的诗歌批评家，那么，身为同行又是怎么看待耿占春先生的诗歌呢？我们有请赵思运先生发表他的感想。

赵思运：耿占春先生以诗人的身份出现，我觉得很惊讶。这么多年，大家谁都不知道他写了诗，但是仔细一想，又没有什么可惊讶的。事实上，诗人一般来说对诗歌批评家不信任，对诗歌批评家写的诗尤其不信任。当然，诗歌批评家有时也对诗人横加讨伐——他们之间缺乏一种“同情之理解”，缺乏一种真正诗歌意义和诗学意义的共鸣。但耿占春先生的诗集发行之后，所有人都认为这是一个成熟的诗人的面孔。

耿先生一直是我敬重的同行，他虽然身为学者，但却没有一点学究气。从最初的《隐喻》，到《观察者的幻象》，到《话语和回忆之乡》《在道德与美学之间》，都是用非常诗意的文字抒写出来的，可以说是散文诗，也可以说是诗意随笔。从这些文字可以看出，耿占春先生是一个好的学者、一个好的散文家，也有可能成为一个好的诗人，而今果然印证了。

前几天在人可艺术中心的微信公众号上看到了耿占春先生的十来首代表诗作。在我看来，前面那几首诗是对其文学创作观念的一种回应，诗中多次提到关于隐喻、比喻、象征的概念，有点元诗的韵味。我更看重的则是后面的那些诗，那一系列的“论”是我非常感兴趣的，它既不是一个很严肃的逻辑思考，也不是一个简单的调侃；它不是提供一个论点，而是提出一个论题。诗人、作家可以敏锐地提出问题，但却没有义务去解决问题并给予结论，艺术家也是如此。他们很敏感，这是一种自己生命感受和生存状态的敏感，乃至于一种情感、情绪的敏感，这种敏感让他们发现很多问题，有的人喜欢解决问题，有的人则不喜欢。解决也好，不解决也罢，我觉得都不重要。耿先生通过诗歌构建一个独特的象征隐喻体系，并给予读者一种源源不断的无限信息的反刍，这才是最重要的。

我很喜欢耿占春先生的《论谣言》这首诗。论谣言，我认为他的目的不是论证这个题目，而是提出论题让大家关注到谣言这个现象本身。谣言的面目真的是谣言吗？或者又可以是一种遥遥领先的预言？答案藏在每一个读者的心中。谣言不是二元对立、非此即彼、或对或错的，它恰恰是含混的、没有判断标准的，而“含混”，恰恰是对这个时代一个最精准的判断。

我简单地再多说两句。一个诗歌批评家写几首诗不算什么，搞诗歌研究的人都经历过写作的阶段，但是真的写得好，像耿先生这样在风格和体量上都相对完整明晰，则是非常不简单的。一个好的诗人，也应该是一个学者，他背后要有一个坚实的知识储备。在现代文学史上，五四以后的那些诗人都是学者。最近在诗歌圈里，搞诗歌研究的这些学者纷纷把自己的诗集拿出来，我认为这是一个好的现象。诗人和诗歌批评家，不应该互不信任，可以多一点“同情之理解”。落实到个体身上，写诗的也要做一些思考和研究，做研究的也应该去创作诗歌，这是一张纸的两面，不可分割。

泉子：谢谢赵思运先生。赵思运先生和耿占春先生虽同为批评家，却有一个很不一样的地方。赵先生的诗与他的本人有一种割裂感，他的诗有时很暴力，但在生活中他却是一个温润中正的人。耿占春先生的诗与人则是非常合一的，读他的诗如同见到他本人。两位同样是批评家，同样写诗，但是呈现的面貌却完全不同。

我们对一首诗、一个人的认识，都需要时间的沉淀。三四年前，当我第一次读到耿先生的诗歌时很是惊讶，因为我一直没有把他当作一位诗人，只知道他是当代最重要的一位批评家。我向身边的年轻朋友们推荐耿先生的诗歌，朋友们觉得我怀有太多的情感因素，因为他们知道我与耿先生有着亦师亦友的关系。但是两三年之后，同样是这群人，却表达了与我相似的一种对耿先生诗歌的尊重与喜爱。同样，就在此刻，我又突然意识到当我在三四年前，第一次意识到耿占春先生是一位重要诗人时，其实离他写下最初的一批诗歌已过去近20年。

诗人沈苇也是耿先生非常亲密的一位朋友，下面我们有请沈苇发言。

沈苇： 2004年的时候，占春兄第一次到新疆，在新疆待了一个多月，或许他与西域有特殊的缘分（到目前为止，他已去过新疆十多次），回去之后爆发式地写了二十几首诗。继二十世纪八九十年代之后，他诗歌创作的第二个高峰期就这样被开启了。这些诗我是非常喜欢的，因为它们重新关照和打量了我已经生活了十几年的这片土地，通过他的眼光和表达，我对西域有了全新的认识。

占春兄的诗歌写作是他在大量的批评写作和随笔写作之外的“思想的休息”。读他的诗，我有两点体会尤深：第一，是个人化的口吻；第二，是自我和他人关系的处理。大量的中国当代诗歌中，存在技术主义趋向，炫技的或者说技术至上已成为一个令人不安的方向，但我们往往感受不到诗人的口吻，而这种口吻，正是我们能够辨识一个诗人的重要标志之一。占春兄的诗歌里面有一种仁慈的口吻，一种内敛而低沉的语调，就像马拉美所说的，是一种“静默的猛烈”，传达出一种人道的声音。这个声音发自内心，当我们读他的作品之时，能够感觉它在你耳畔萦绕回荡。

在《碎陶片》里，他写道：

> 诗不再是发现真理的方式
> 它发现一颗隐喻的种子，
> 让语言呼吸

所以，占春兄的诗既是“思想的休息”，又是“语言的呼吸”，字、词、句都是呼吸，而且是与个人化的口吻联系在一起的。另外，他在诗歌中处理自我和他人的关系方面，非常打动我，也非常成功。勒维纳斯曾经说过：自我是他人的“人质”。占春兄对西域的迷恋，对他人土地的留恋，就如同一个“人质”对他所在的陌生土地的迷恋，在这种迷恋里，我们可以发现一种谦虚的姿态，是一种真正的谦卑。让我们来读读这些诗句：

在听一支歌。反复地
播放，想起我走在他人的
土地上，得到快乐——
……

我总在他人的土地上得到
内心的安详或突然而至的战栗
在他人的风景里忘却自己的苦恼

如今总听见一些叫人难过的消息
却没有为他人辩解的证据，
只有他们的音乐，在反复

像一种无法送达其地址的救赎信息
反复地播放，我听见他们的歌声
一遍遍重申，如同一种承诺

——《他人的土地上》节选

在他人的土地上得到快乐、安详和战栗，并对远方、对他人的土地牵肠挂肚，自我与他人的关系变成了佛经里所说的“无缘大慈，一体同悲”。占春兄对他人土地的这种关怀和忧虑，非常让人动容。他写下的是一种可以面向广阔世界的诗歌，更是一个值得我们信赖的声音！

泉子：这首诗也让我产生很多共鸣。这是一个寻找自我的过程，在他人的土地上反而更能看清自己。

坐在我身旁的黄纪云先生是一位非常优秀的诗人，同时他也是《诗建设》的创办者。耿先生曾为黄纪云先生写过诗歌评论，黄纪云先生对耿先生也相当熟悉，下面我们有请黄纪云先生。

黄纪云：我身边的很多诗友们都非常喜欢耿占春先生的诗集《我发现自己竟这样脆弱》的第二辑“西域诗篇”，当然我也非常喜欢，但我认为最好的部分是诗集的第四辑——“世界荒诞如诗”。其中，他将鲁迅先生所描述的希望之于虚无、之于渺茫、之于绝望的内心世界表现得淋漓尽致。

《世界荒诞如诗》中的第十首《论神秘》是我非常喜欢的。论神秘，其实和神秘本身并无关系，耿先生只是想告诉大家，我们身上拥有一种神秘甚至连我们自己都不自觉，这种神秘如同一根傀儡线，无形中操控着我们。这是诗人的真实，一种被抽象以后的真实。

尤其是浩瀚的星空，一种
先验的力量，叫启蒙思想战栗
……

它微小的对称，会唤起
苏菲主义者的智慧。其次是

意识的懵懂状态，小动物
在奇迹的最后一刻停止演化
……

乡俗不会错，必须高看那些傻子
和疯子。这首诗也必须祈求谅解

——《论神秘》节选

这是一种巨大的无奈。他内心拥有一种年轻时的憧憬、追求和探索之心，但到了花甲之年，他发现自己的力量如此微弱，甚至连萤火虫也不如，于是他把它称作“神秘”。连同他，以及说出这个“神秘”的人们都会被世俗认为是疯子和傻子，这个时候他只能说：这首诗也必须祈求谅解。在神秘当中安宁，在神秘当中沉醉，也在神秘当中死去，多好啊！所以请求谅解。作为读者，我能感受到耿先生诗歌的力量，这是一个作为业余的诗歌爱好者的拙见。理解耿先生的诗需要对现代诗歌语言十分敏感。当然，这种敏感不是一蹴而就的，需要训练和积累。我认为耿先生不仅是一位成熟的诗人，也是一位伟大的当代诗人。

泉子：黄纪云先生说他是一个业余诗歌爱好者，这其实是一种“骄傲”的说法，因为只有业余的人才能放下专业的包袱，直面我们的内心。

一首好诗或者一幅好画，就像一面镜子，能够映照出我们每个人。今天，我们在这里既是在谈耿先生的诗，也是在谈我们自己。李秀勤女士虽然是一名雕塑家，但在我心里，她的雕塑如同一首首诗歌，温情而令人动容。下面有请李秀勤女士谈一谈对耿先生诗歌的看法。

李秀勤：为什么好的诗歌能够使你的心脏突然跳得快起来？——这是因为诗里的真实与你的心意相通。真实不是图像，图像可能是伪造的，可能只是一种虚拟的呈现，但诗人的作品却能够直击人的心灵深处。耿占春先生的诗歌无时无刻不深入我们的内心，引领我们的感知。我在他的诗中感受到了他对世界的认知、他深刻的思想以及人道主义的关怀。诗人和艺术家虽然语言系统各不相同，但我们想要表达的却始终是同一个内容——真实。

身体是件脆弱的容器

快乐就是快乐的意志
在希望微茫之际兴起
当快乐出现在有权利感的地方
它就与厌倦等同

因此我必须挥霍短暂的
快乐，就像雷电在沙漠上
挥霍雨水，就像节日里的
穷人，快乐而知礼

——《论快乐》节选

耿先生对快乐的诠释，让我想到一些哲学家们对死亡的认知。人对生存的执着，其实是源自对死后的无知，只有超越生死，超越无常，才是绝对的快乐。

另外，就专业和业余之间的关系，我想在此谈谈个人的体会。在我看来，所谓的“专业”其实只是一个职业单位，一个能够提供固定经济资源的地方。但作为一个诗人、一个艺术家，他应该超越专业之外，更多地关注个人的内心世界和情感诉求，这也就是我们所说的“业余”。

泉子： 在我心里，李秀勤女士不仅是一名雕塑家，也是一名诗人。1990年代初，她曾邀请盲人学校的孩子们与她一起完成一件雕塑作品，在此后的五年、十年、二十年……她不断地去寻访与记录这群盲人的生活、成长，她的作品让我感受到了生命的温度，并让我想到那些还没有被任何语言捕获的一种最初的诗。

相遇在人可。今天在座的嘉宾朋友们能够相聚一堂，不得不感谢人可艺术中心的艺术总监何勇淼先生。这段时间在与何先生的沟通、交流中，我发现他是能够真正领略到耿先生诗歌魅力的人，所以有请何勇淼先生与我们分享他的体会。

何勇淼： 读耿先生的诗，让我有一种光打开岩石般坚硬之间隙的呼吸感，那是一种如麦香般质朴的气息。我早年间读的大多是欧美现代派的诗歌，但在这几年里，诗人泉子对我的影响很大，他感悟杭州山山水水的沉浸式哲思，让我对这片土地有了崭新的认识。与他往来的过程中，我发现我们的想法不谋而合，都想为艺术做些事情，“相遇在人可”也因此应运而生。

今天在场的两位艺术家，一位是当代水墨界中的大腕，张浩先生；一位是当代雕塑领域的翘楚，李秀勤先生。对于一个画廊来说，所谓的成功，是吸引到我们认为重要的人，或者认为可交的朋友。一路走过的这十年，人可艺术中心用心打造每一个展览，从策展到最终展览的呈现，每一个细节所付出的心血都是外人无法想象的。包括此次陈雨先生的展览，为了实现巨型麦浪墙的落地计划，我们策展团队日以继夜地工作了一周，将20万支麦穗一根一根手工插上去，这种付出是大家所看不到的。

尊重艺术，尊重艺术家，尊重诗人、作家，这便是人可艺术中心的存在之道！

活动现场——左起：李秀勤、何勇淼、沈苇、张浩、耿占春、赵思运、黄纪云、泉子

泉子： 谢谢何勇淼先生的分享。何先生刚才谈到耿先生诗歌中的质朴气息，我是特别有感受的。质朴在今天是一种高贵的品质，或者说它是一种能力，是我们抵达真实的一条真正的捷径。所有伟大或者杰出的作品，都出自历经沧桑后的一颗赤子之心！

耿占春： 我想补充一点想法，写作首先是与语言打交道。在我们生活的这个时代，有很多东西越来越不明朗，越来越不清晰，无论是生活的方式，还是生活的意义，以及生活的走向，都处在一种极不确定的状态当中。所谓的“清晰”是指所处的时代的语言有一个基本的概念和象征，是我们整个社会所共同认知的。在过去的某些时代，它哪怕很错误、很悲剧、很荒诞，但在语言上它是清晰的。1950年代至1970年代，我们的社会语言有一种非常清晰的概念，它的意义是不容含混、不准颠覆，同经济生活一样，我把它称作

“语言被收归集体所有制”“语言国有化”。直到1970年代末，知识分子才开始品尝到一种新的创造，比如芒克的《向日葵》：

你看到了吗
你看到阳光中的那棵向日葵了吗
你看它，它没有低下头
而是把头转向身后
它把头转了过去
就好像是为了一口咬断
那套在它脖子上的
那牵在太阳手中的绳索

他的诗歌颠覆了某种固化的语言象征，所以他成为改革开放之后的那一批先驱诗人之一。

今天，随着民营经济的兴起和社会公共空间的增加，我们的语言开始改变，从语言的自由和个人化，到越来越含糊，以至于意义非常不清晰。它从一个固化的象征，一个对语义解释的高度垄断，发展成为意义的分散、弥散。每个人都有赋予一个符号以意义的权利，每个人也都有赋予一套形象或者一套经验以意义的权利，但它的可共享性又是什么呢？可分享性又是什么呢？这是一个诗人、一个艺术家，或者身处于我们这个时代中进行表达的人，都面对的某种困境——既要有个人的创造性，又可以与他人分享。

我们今天的艺术创造到底有没有确定的符号支撑呢？这是一个令人迷惑的问题。艺术家陈雨选择了艺术史上具有意义的象征形式——梵高，所以它不论怎么变形，背后总有一种艺术家圣徒般的精神支撑着。但是一般情况下，我们画一个普通人的肖像却很难赋予其一个确定的含义。当年罗中立画老人，那是苦难的象征，但今天再画一个面孔，又会有怎样的含义呢？——不清楚。今天，我们写作或者画画，都必须把语意的模糊性考虑到创作的语境之中。这个时代的价值和其历史走向的含糊性可能成为我们努力创造一个有益的语言秩序中的巨大困难。

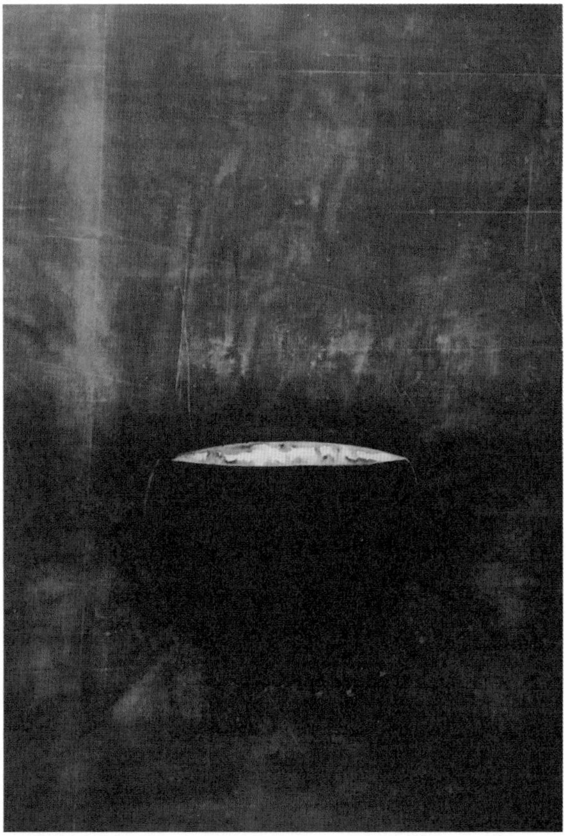

杨键作品
《钵之三》
120cm×86cm
纸本水墨
2017

杨键作品
《钵之五》
120cm×86cm
纸本水墨
2017

诗学

Poetics

诗建设

养小诗话

柏桦

每当有人问我，怎样才能成为一个诗人；我都会立即想到两点（当然不止这两点）：感受能力和表述能力。因为我们常常有这样的经验，我们可能感受到了，但说不出来；可能说出来了，但离感受的精确度还有距离。好诗人无一不是对生活——乃至生命——有着独特感受并且表述极其到位的人。话又说回来，这两种能力（感受能力和表述能力）也并非神秘莫测，只要一个人有一定的“感时伤怀”的禀赋，都可以通过训练而达到。

人生来就抱有一个单纯的抗拒死亡的愿望，也许正因为这种强烈的愿望才诞生了诗歌。

诗和生命的节律一样在呼吸里自然形成。当它一形成某种氛围，文字就变得模糊并融入某种气息或声音。此时，诗歌企图去做一次侥幸的超越，并借此接近自然的纯粹，但连最伟大的诗歌也很难抵达这种纯粹，所以它带给我们的欢乐是有限的、遗憾的。从这个意义上说诗是不能写的，只是我们在不得已的情况下动用了这种形式。

我始终认为我们应当把注意力和兴趣从诗歌转移到诗人，因为我确信世界上最神秘的现象莫过于诗人这种现象。真正的诗人一定具有某种特殊的触须，并以此来感知世界。诗人从事的事业对于他自己来说仿佛是徒劳而无意义的事业，但它是无垠的想象的事业。李白捞月的传说、波德莱尔的人造天堂都证明了这一点。

只有无言而死才能成为真正伟大的诗人，因为他们未曾犯下披露自身这种原始错误。如果你一旦广为人知，那你注定只能是一个二流人物，因为流行将使你把脸丢尽。但书籍依然在出版，诗集依然在印刷，人依然在梦想出名，虽然这都不是什么光彩的事。瞧，我的诗集正在抵达读者的手中，这一行为使我想到了一位死去的法国诗人爱德蒙·哈罗古尔(1857—1941)。据说这位小官吏退休时去向上司告别，对他说：“我要走了，但我不时会来看你。”那上司向他背诵了一句很有名的诗：走了，就死了一点点。

“那么，”哈罗古尔立刻问道，“您知道这句诗出自谁人之手吗？”

“大概是中世纪的一位行吟诗人或文艺复兴时期的一位诗人吧。”“不，先生，”哈罗古尔生气了，反驳道，“这是我写的，可是谁也不知道！”

事实是哈罗古尔的诗歌作品属于最不为人知的那一类，只有一句神秘地逸出，印在人们的记忆中。然而，这一句却比那些所谓的大诗人的一万句显得更有尊严，那些“大诗人”被接受，被颂扬，被授予勋章，然而没有人想到要去读他们的作品。

我想每一个写诗者都有一个内在真实的起因。要么是青春的苦闷和压抑，这值得同情；要么是想附庸风雅或哗众取宠，有人就这么干的；要么是自觉卑微与身体的缺陷，这种人就太多了；要么是精神及肉体的疾病，这种人我也见过。原因有很多，恕不赘述，单抽象出来说：痛苦是诗的出发点。此话一出，可能有反对的声音。比如某人会说：我写诗从不写痛苦，我是在欢乐中写作。但殊不知他又落入一个圈套，须知世界上所有的劳作都不是快乐的，除非当一个寄生虫，而寄生虫也不快乐，因为他也有死亡的痛苦。因此，即便是最快乐的写诗者也定会有或明或暗的隐痛，除非他拒不承认，硬要当一名“欢乐英雄”。为此，某种痛苦(写诗者可以秘而不宣或深藏不露)一定是任何一位写诗者写作的秘密力量。当然他写出来的东西可以是不痛苦的，改装后的形象可以如是登场：平静之诗、清新之诗、调侃之诗、幽默之诗，甚至幸福之诗、哲理之诗、壮丽之诗、宗教之诗……

一九三四年，艾兹拉·庞德把孔子的箴言“日日新”三个字印在领巾上，佩戴胸前，以提高自己的诗艺。而且庞德在他的《诗章》中国断章部分还引用了中国古代这段史实：

Chen Prayed on the mountain and
Wrote MAKE IT NEW
Day by day make it new
——canto LIII

汤在位二十四年，是时大旱，祷于桑林，以六事自责，天亦触动，随即雨作。继而作诸器用之铭，曰：“苟日新，日日新，又日新。”以为警戒。

1985年孟春的一个下午，我们偶然谈及此事，蓦然感到，人类几千年来对文化孜孜不倦的求索精神，顿时肃然起敬。“日日新”三个字简洁明了地表达了我们对新诗的共同看法。我们也正是奉行着这样一种认真、坚韧、求新进取的精神，一丝不苟地要求自己。

我们牢记一句话：“技巧是对真诚的考验”！

我们牢记三个字：“日日新”！

如果我们假设新诗曾出现过三次高潮，朦胧诗无疑是最近的一次。至于今天的诗歌写作是否就是它的余响，这一问题应从两方面来看。首先，如果从传统的角度来说，认为是它的余响，没错，因为“太阳下面无新事”。一个人无论怎样创新都抗拒不了，也摆脱不了那可怕的无所不在的传统。但从另一角度来看，传统并非一潭死水，它是流动的，它不仅是要我们沉默地继承它，也要我们置身其中并不停地生产它。有关个人的创造力与传统之间的关系，艾略特在他的《传统与个人才能》一文中已经讲得很好了，如今也成了全世界普遍文人的“老三篇”，无须我来多说。我只是顺着艾略特的传统观认为今天的诗歌写作不仅仅是朦胧诗的余响。它已有了自己的面貌，这又应了艾略特在《叶芝》一文中开篇所说：“在我们这个时代，每一代诗的寿命大约为二十年。”艾略特认为，新诗派或新风格的出现大约需要二十年的时间。但20世纪英国诗歌几乎是10年一变，这一现象既神秘又令人不得不面对。而在中国的变化则更为迅猛，这一点早被许多学者看出来了。朦胧诗自1979年诞生到韩东于1983年写出《有关大雁塔》，这之间只有4年时间，一代新诗人就这么出现了，而且不是以“余响”的面貌，这其中肯定也有继承与创新的两面性。

说朦胧诗是对五四新诗的一次补课，也无可厚非，因朦胧诗对自我的强调，就是对五四时期所谓“人的发现”的呼应，二者都高举起个人主体性这一写作原则。但不同点又是极为明显的，五四时期新诗的特点是说理，朱自清早就指出过：“新诗的初期，说理是主调之一。那是个解放的时代。解放从思想起头，人人对一切传统都有意见，都爱议论，作文如此，作诗也如此。”因此，说理、写景、写实、叙事是当时新诗的特点。朦胧诗就刚好相反，它是以激情替换了“说理”。它同苏联诗歌一样，属于一种对抗性写作，有一个共同的意识形态背景和语境。有关话题我在《“今天”的激情》一文中已有较为详细的论述，这里就不展开了，仅点到为止。我个人认为朦胧诗在汉语新诗发展史中的位置极为重要，它处于承上启下的关键地位。它发出了为一个时代代言的艺术之声，这一点尤为难能可贵，必当被我后辈诗人铭记。犹如胡适翻开了现代汉诗的第一页，朦胧诗翻开了现代汉诗的第二页，谁将翻开第三页呢？第四页呢？

声音应是一个写作者首先要面对的——最神秘的——问题。蒲宁（Ivan Bunin）说，在写作之前，他首先要寻找到一种声音。

艾略特曾在《诗的三种声音》一文中把诗的声音分为三类：“第一种声音是对诗人自己或不对任何人讲话。第二种声音是对一个或一群听众发言。第三种声音是诗人创造一个戏剧的角色，他不以他自己的身份说话，而是按照虚构出来的角色对另一个虚构出来的角色说他能说的话。”可以说，我诗歌中的声音就是艾略特所说的第一类（这是从主要方面说的，并非我的全部），北岛的诗歌中的声音当属艾略特所说的第二类（早期北岛，后来他也用第一类声音说话），张枣应是艾略特所说的第三类声音。正是如此，我的声音是独白，早期北岛是宣言者，而张枣是典型的戏剧性交谈，一个多声部的交响乐家。

声音在诗歌中至关重要，民族性抑或诗性都只能在声音中突显。众所周知在诗歌翻译中，文字的意义和意象均可翻译，唯独声音无法译，因此才有弗罗斯特所说的一句名言，“诗是翻译所失掉的东西”。诗歌中的声音是最具魅力的部分，其中也具有情感、意义以及某种区别于他人的神秘禀性。另外，身体问题也是诗歌中的一个重要问题。基本上可以说有什么样的身体就有什么样的声音。身体的好坏胖瘦都会导致不同的声音。身体就是一个人的气质，而声音呈现气质……

哈金也认为我们的现代诗在声音上出的问题最大，这或许是一种宿命，曾经如此推崇汉诗的庞德也对汉诗的声音表示过遗憾，他说汉诗“只有一些嘶嘶的声音”。当然庞德对汉诗一直是搞创造性发明，他除对汉字的意象感兴趣外，还无法欣赏汉诗的声音。但我们也得承认汉诗的声音比英诗的确要简单得多。古典汉诗的声音也不过如此，更何况现代汉诗了。现代汉诗如不在声音上下大功夫，只有死路一条。

在不同声音的驱动下，诗歌会呈现出不同的形式，为协调写诗者的呼吸（音乐性），写诗者将安排与之匹配的字词句，从而形成一套只适合他——又使他与众人相区别的——诗歌词法、句法与文法。顺势而来，诗歌中的声音应从两方面来讲：一是诗歌的音韵、节奏、排列等形式功能，二是写诗者的口气、语调、态度、气质。当我们说他写诗有一种独特的声音，便是对他的赞美，尤其赞美他写诗时的姿态和语气，当然也包括他独有的词法、句法与文法。

年轻时喜欢呐喊（即痛苦），如今爱上了逸乐。文学真是奇妙，犹如蛇要蜕去它的旧皮，我也要从呐喊中脱出。逸乐作为一种价值观或文学观理应得到人的尊重。它提醒我们注意：“在明清士大夫、民众及妇女生活中，逸乐是一个不容忽视的因素，甚至衍生出一种新的人生观和价值体系。研究者如果囿于传统学术的成见或自身的信念，不愿意在内圣外王、经世济民或感时忧国的大论述之外，正视逸乐作为一种文化、社会现象及切入史料的分析概念的重要性，那么我们对整个明清历史或传统中国文化的理解势必是残缺不全的。”“缺少了城市、园林、山水，缺少了狂乱的宗教想象和诗酒流连，我们对明清士大夫文化的建构，势必丧失了原有的血脉精髓和声音色彩。”（李孝悌）

逸乐是对个体生命的本体论思考：人的生命从来不属于他人，不属于集体，你只是你自己。正是在这一意义上，我认为小乘比大乘更直见性命，我不渡人，只渡自己，因此更具本质。生命应从轻逸开始，尽力纵乐，甚至颓废。为此，我乐于选择一些小世界来重新发现中国人对生命的另一类认识：那便是生命并非只有痛苦，也有优雅与逸乐，也有对于时光流逝、良辰美景以及友谊和爱情的缠绵与轻叹。

当然，如果你不同意“美学高于伦理学”（布罗茨基），至少你应以平等之心对待二者，即你可以认为活在苦难里并呐喊着更有意义，但不应以所谓高尚的道德来仇恨逸乐之美。说到底，二者均有价值，并无高低贵贱之分，只是不同的人对不同的人生观或艺术观的选择而已。用一句形象的话说，就是你可以“天下兴亡，匹夫有责”，而另一个人也可以“晚来天欲雪，能饮一杯无”。

晚唐诗人陆龟蒙有一句诗：“酒旗风影落春流。”（陆龟蒙：《怀宛陵旧游》）此句由三个词（酒旗、风影、落春流）组成，一眼看去，堪称音、色、形俱佳，汉字之美在此飘飘欲出。又不禁让我感到(似乎是头一次感到)汉字竟如此美丽、神妙，仿佛汉字之美是从“酒旗”“风影”“春流”开始的。这几个词虽是从大处着笔(并不细腻)但却包含了唐诗的魅力以及唐人的大器。这句诗也使我想到俄国作家巴乌斯托夫斯基所言：“许多俄国字本身就现出诗意，犹如宝石放射出神秘的闪光。”换句话说，陆龟蒙所写下的这七个字也正是在关系中——通过炼字，即配搭——表现出诗意的，但它们并不像宝石放射出神秘的闪光，而是像一幅清雅的水墨画，为我们传达出一种欲说还休的气氛与意境。汉字的轻重缓急、声音与色彩从来是在匹配中才可达至妙不可言的仙境，并带给人“出其不意、羚羊挂角”的亲和力。

中国古代诗学有一条广泛的写作原则——“情景交融”，其字面意思是心情与风景交相混融，这句看似简单的话，其实包含了极为丰富的内容，古人对此最有体会，也运用得十分娴熟讲究。

何谓诗歌中的情景交融？其实就是讲一个故事，这故事的组成就是事件（事件等于时间、地点、人物）。事件可以是一段个人生活经历，譬如生活中一支心爱的圆珠笔由于损坏而用胶布缠起来的过程，一副新眼镜所带来的喜悦，一片风景是怎样地焕发了你良久的注目……总之，事件可以是大的，也可以是小的，可以是道德的、非道德的，可以是情感的、非情感的，甚至琐碎荒诞的。这些由事件组成的生活之流就是诗歌的情景之流。

就我而言，我的许多诗都是由经历（事件）所引发的感受写成的，而这感受总是指向或必须落到一个实处（景），之后，它当然也会带来遐想或飞升（情）。这事件本可以成为一部长篇小说，或一个长长的故事（如果口述，或许是两个小时的故事），但情况相反，它是一首诗，一首二十或三十行的诗，更有甚者，有时竟是短短的几行。这正是事件——情景交融——的张力，它惊人的戏剧化！

诗歌中的事件之于我，往往是在记忆中形成的。它在某个不期而遇的时刻触动我，接着推动我追忆相关的过去，并使一个或多个事件连成一片，相互印证、说明、肯定或否定，从中一首诗开始了它成长的轨迹，最终形成并显示出它的结局和命运。换句话说，这些经年历月在内心深处培养出来的一个一个的故事，它们已各就各位，跃跃欲试。

就我个人写诗多年经验而言，一首诗的成败全在于事件的运用，在于情景交融是否天然、故事是否完整、叙述的角度是否巧妙。一首失败的诗往往是场景混乱的诗，一篇有头无尾的故事，一个不知所云又一团乱麻的事件。失败的诗往往每一行都是一个断句，彼此毫无联系。而一首好诗从头至尾仿佛就是一句话，而一句话已说清了整个事情。

诗人运用各种戏剧化的好处是他可以将诗写得不是太像诗，口语、书面语、俚语、雅语、插科打诨、叙事、谈话、抒情、政论等各种书写样式都可以相机入诗。为此，诗人可从容出入于这一文本空间，做到最大限度的客观性、间接性与多样性。

唐诗的天下被三分春色：一分为仙，一分为圣，一分为佛。马蹄在嗒嗒地响起，当李白已在长安城笑傲江湖、狂歌痛饮，过着他飞扬跋扈的诗仙生活时，孟浩然仍在鹿门山或醉卧松月或怀愁独行，而杜甫刚以少年天才的文名出入于岐王李范的华宅。在那里，这位“开口咏凤凰”的小诗人正安静地听着闻名帝国的歌唱家李龟年的歌声，也许在座之人都没想到，这位少年日后会成为“暮年诗赋动江关”的一代诗圣。几乎与此同时，另一个奇迹出现了，老王维写出了《辋川集》，“世界被创造出来，实质上就是为了达到一本美的书的境界”(法国诗人马拉美语)。《辋川集》所达到的美的境界是中国精神中最宁静、最自然的部分。它所定下的标准从此成为中国诗歌的一个标准。如果说李白是仙人，只在天上飞；杜甫是圣人，只在地上走；那么王维就是佛与美的化身——“坐看苍苔色，欲上人衣来”。

在经历了仙、圣、佛的“三国演义”之后，开元盛世也随之落下了帷幕。然而盛唐之音并未就此中断，王维、孟浩然依然后继有人，韦应物、刘长卿等辈承传其香火并续步其淡泊宁静之后尘。白居易(一位了不起的人物，笔者至爱)、元稹、韩愈等辈也沿着杜甫辟开的大道各发一枝鲜花。元、白为老杜的新乐府正其大名，韩愈则全力采摘老杜的语言，并从其古诗中蜕变出之。这时虽有“大历十才子”的伤感，细致之笔反盛唐伟岸高华之气，但终由于其成就不高，无法代表中唐之音，仅学了点王、孟的皮毛，无多大独创性。真正迎来属于中唐自己的声音还须时日，直到孟郊、贾岛的出现，才以其瘦骨清寒、硬语盘空的诗格，别开出一个小生面。闻一多曾说孟郊的诗有一种陀思妥耶夫斯基的味道(说得很怪)。但二人绝不能担当中唐的重任，中唐的大旗还得等另一个人来树起，他就是李贺(已成神话了)。这位身体细长、青春早逝的诗人几乎是在诗中自铸语词，并独创一个传统。纵观中唐，虽未出现巨人式的人物，但仍是诗家辈出，其数量之多，不可不谓群星璀璨也！

在“梦里不知生是客，一晌贪欢”的晚唐，当杜牧这位“嗜酒好睡”的风雅公子梦醒“玉人何处教吹箫”的扬州后，温庭筠却再接再厉，走马灯式地迎接着满楼红袖。韩偓这位“雏凤清于老凤声”的诗人在一边悄悄写着色情的《已凉》，韦庄只为古金陵的消失而连连叹息。富贵温柔的暖风、江南镕金的楼头，晚唐诗人争相陶醉在这迷人的风月里。

然而另一颗星辰却以无限忠贞与痛苦唱着“昨夜星辰昨夜风”，他就是李商隐。这位晚唐最守身如玉的诗人以“夕阳无限好”的预感，提前感到了黑暗将临的那一刻。短暂美丽的夕晖是那样刺人心肠，那样让人流连，那可是大唐最后的白银啊！李商隐点燃了这光，杜牧及其他诗人也点燃了这光。之后，一切便很快地沉入了黑夜。

有宋一代，尤其是南宋，吴文英堪称是最能深隐秀丽地把玩汉字的诗人，他对诗艺的讲究，如他自己所说：“音律欲其协，否则成长短之诗。下字欲其雅，否则成缠令之体。用字不可太露，露则直突而无深长之味。发意不可太高，高则狂怪而失柔婉之心。”由此可见梦窗在形式上的别具一格，而且还可见他对刘勰《文心雕龙》的《情采》篇中“形式”的意味是玩味至深的：“虎豹无文，则鞟同犬羊；犀兕有皮，而色资丹漆，质待文也。”为此，面对这位形式主义大师，《四库全书总目提要》才会将他比之为诗中的李商隐：“词家之有吴文英，亦如诗家之有李商隐。”

他的文字精深微妙，只缘于他是一位“苦工通神”、锻炼词句的诗人，或按现在流行的说法，他仅是一位文字的炼金术士。这样说当然无碍，但有一点，我要特别提出，在这一切之上，吴文英的气格特别沉着致密，正是由于他这一非凡之特色，才使其能运用“锐感，即用敏锐直接的感受来修辞”。（叶嘉莹）而“锐感”也正是他发力完美之所在、天才之所在。

听《诗经》：《周南》《召南》奠基之音，百姓随之劳作；《邶风》《鄘风》《卫风》深忧而不窘；《王风》无惧；《郑风》亡音，琐碎；《齐风》宏大；《豳风》乐而无邪；《秦风》西方夏声；《魏风》既轻扬又粗犷；《唐风》深思；《陈风》无主人之感；《小雅》忠贞忧愁，衰微低回；《大雅》刚直婉转，文王之德；《颂》和谐之顶。

意思是骨头，声音是肌肉，形式是皮肤。（芥川龙之介的观点，见其《文艺讲座“文艺一般论”》）

“要求抒情诗也要有无产阶级思想，和命令蝴蝶必须把牛排吃掉并没有什么两样。”（同上）

在我的好几次访谈中，我说过这样的话：“现代汉诗应从文言文、白话文（包括日常口语）、翻译文体（包括外来词汇）这三方面获取不同的营养资源。文言文经典、白话文、翻译文体，三者不可或缺，这三种东西要揉为一种。”三十年前我曾讲过一首好诗应有30%的独创性、70%的传统。后来我又做了一个补充，一首好诗应有40%的独创性、60%的传统。做这个补充是因为考虑到现代汉诗已有了近百年的传统这一事实。再后来，也就是2006年三月底，我在复旦大学中文系做了一个关于现代汉诗的演讲。其中我讲了，新诗的问题说穿了就是一个语言学问题。这个问题牵涉到目前有关现代性问题和中华性问题的争论。为此，我斗胆地给出了一个现代汉语诗歌语言的比例：其比例应是文言文占35%，白话文（包括日常口语）占45%，翻译文体（包括外来词汇）占20%。既然现代性已经在中国发生了，我们不可能回到古典了，我们也不可能用古文来书写了，我们只能用白话文来书写。

如果口语诗不是方言写成的，我认为是伪口语诗。打个比喻，每个诗人在写作的时候会发出默默的声音，他用什么话在说，是用四川话在说吗？用闽南话在说吗？还是用广东话在说？还是用吴语（苏州话）在说？这一点对写作是非常重要的。

超现实写法有几个特点：第一，书写潜意识，之前的诗人一般不写潜意识，因为潜意识太混乱、不着边际、茫茫无边；第二，超现实提倡写梦境；第三，超现实提倡自动写作。超现实的写法，运用得好的时候会让人惊艳，但是不好的时候就可能鱼目混珠。诗人可以胡乱写诗，然后说是超现实的写法；画家画不好画，也说是超现实，这样不行。所以要检验一个人手艺之高低，要先看他的传统技艺好不好，传统的功夫好，才可以超现实。

艾略特的名言："大诗人抢，小诗人偷。"或纳博科夫（Vladimir Nabokov）所说："真正的天才会把别人的东西拿来为我所用。" 连王尔德也说过："只有那些没有想象力的人才会创作。众所周知，真正的艺术家会利用他从别人那里拿来的东西，而他是什么都拿的。"[①]有什么办法呢，能够被抢走或"拿来为我所用"的作品都不是一流的，而且这些非一流作品之所以能够存在（其最好的命运）就是为了等待被某个大诗人读到，然后拿走或抢走。

进一步说，常常许多二流诗人或准一流诗人的作品注定要被另一个强力诗人拿走或抢走，前者的出生只是为了后者的诞生，之后，前者"死去"，因他（或他们）唯一的任务（作品被大诗人抢走）已经完成。那么一个大诗人是否到处可以抢呢？不。当然会有限制。譬如我早就说过，大诗人只专盯着二流及准一流诗人抢，若遇到另一个真正的大诗人，你想抢也抢不走，要抢，也是白抢，抢到最后还落到一个画虎不成反类犬的下场。讲到此节，我还想起一个逗人思量的说法："学张爱玲生，学胡兰成死。"即张是可以通过阅读来进行学习的，而胡就不能学，因为你抢不走。可现在却有许多女作家在"抢"胡兰成呢，很遗憾，这些人全都被我一眼看出来了，至于这些女作家的名字，我想还是不要说出来为好。

看，那小诗人一生就只能小偷小摸，东学一笔，西学一笔，终其一生都在模仿。不过，这样的模仿式阅读也并非毫无意义，须知：如无成千上万的小诗人日夜蜂拥，又何来一两个大诗人"独钓醒醒"（吴文英《八声甘州·灵岩陪庾幕诸公游》）。俗谚说得好：大狗叫小狗也要叫。同理，大诗人要活小诗人也要活。

情感的诚实真的将会因为"晦涩"（ambiguity）而受到"损害"（compromised）吗？这不禁使我想起庞德的一句名言："技术是对一个诗人真诚的考验。"我在此借用此句的意思是：一个诗人只要具有绝对一流的诗歌技术，他情感的诚实性就一点也不会因为表达的晦涩而受到损害。因为一首真正的好诗，此二者是缺一不可的，它既需情感的诚实，也要求含而不露的"晦涩"。好的写作者都是亮出一半，隐藏一半；诚实一半，晦涩一半；天然一半，人工一半。这正是诚实与晦涩的辩证。

没有晦涩做底子的诚实，不是诚实，这样的诚实"简直是侮辱了艺术，也侮辱了诚实。其实，大作家（当然也包括大诗人）无不具有高超的骗术

---

①（美）艾尔曼著：《奥斯卡·王尔德传》，广西师范大学出版社，2015，第512页。

（按：指虚构，也指晦涩）；不过骗术最高的应首推大自然。”[1]在此我亦可举例说明，譬如波德莱尔的《阳台》一诗，堪称真情与晦涩交织的楷模。

诗人陆忆敏也曾说过一句类似的颇有见地的话：二十世纪八十年代的青年诗人有很重要的一个审美倾向：一是崇洋，另一个就是尚古。如果我们说尚古便是传统，那么它在陆忆敏的眼中至少占了二分之一的重量。至于T.S.艾略特那篇人人必读的文章《传统与个人才能》中对传统的论述在此不必摘引了。传统从不是一个死东西，就看你怎么运用。但运用之妙至关重要，它关乎汉语之美的正确呈现，否则就弄成了一个伪古典。

怎样进入一个诗人？这不仅对一般读者或学者是一个难题，对一个诗人同样是一个难题。请允许我再问一遍：你到底是怎样进入一个诗人的？

我想每一个读者（包括诗人）在进入一个诗人之前，都曾有过这样一种共同经验，即我们一般是从一个诗人的一至三首诗开始进入的（当然也有极个别的例外，直接就从他或她的一本诗集进入，而这样的诗人在他或她早期的决定其诗名的阶段，都无处女作，即代表作），你一旦从这几首诗完全认同了这位诗人，接下来，你就会迫不及待地去追踪阅读这位诗人，直到读完他或她现有的所有诗作并对他终生满怀一种非我莫属的（知音般的）阅读期待。然而，面对如此众多且各具风格的诗人，你为什么着迷于这一个而不是另一个，这同样令人费思量，但一言以蔽之：缘分。但若读一个诗人机缘不对，即正巧所读之诗不是你喜欢的类型，就很可能从此与这诗人别过，无缘再见；若再逢机缘识得，又很可能是三十年之后了，我就有如此经验，只是这位我曾经错过的大诗人的名字不便透露。

在此，我想稍稍回溯一下我以上所说的阅读经验。在“今天派”诗人中，我对北岛最初的进入，就是因为突然在1980年读到了他的《回答》《习惯》《黄昏：丁家滩》；对欧阳江河的进入是他的《悬棺》；对翟永明则是《静安庄》；对韩东是《二十年前剪枝季节的一个下午》《甲乙》；对于坚是《罗家生》《零档案》。好了，这个清单就不必无止境地开列下去了。就此打住。

人们常常说诗贵自然，但“自然”又常常被人误解成为要么是随意写，要么是简单或无须技艺的代名词。似乎写诗不是一项具备专业性质的劳

---

①引号内文字参见纳博科夫《文学讲稿》，三联出版社，1991，第25页

动，而是一件尽管从大自然中随意采摘的乐事。此说当然大谬。而我在这里所说的自然，是指诗人写诗时的一种恰到好处的姿势和态度，即在做作（“虚”）与不做作（“实”）中达至最佳的平衡，从而来到诗最难能可贵的一点——自然。但要做到自然也需要许多讲究，这讲究在艾略特那里说得最为清楚，他在他那篇名文《传统与个人才能》中如是说来：“差的诗人往往在应该自觉（conscious）的地方不自觉（unconscious），而在不该自觉的地方又自觉。”这儿的“自觉”与“不自觉”完全可以换成“做作”与“不做作”。而一个诗人如深懂了这二者之间的微妙关系，他无疑就会成为一个好的诗人，即一位自然的诗人。

更高的生命感觉
——露易丝·格丽克阅读札记

臧棣

在今年（2020年）的诺贝尔文学奖公布之前，我倒是猜到了最有可能折桂的是诗人，而不是坊间纷纷传言的小说家——捷克的昆德拉或阿尔巴尼亚的卡莱达。虽然如此，但必须承认，我并没有丝毫的预感，像露易丝·格丽克这样的诗人会获得这一殊荣。在我的心目中，当今世界，最值得奖掖的诗人是加拿大诗人安妮·卡森。换句话说，大致的地理位置，猜得不算离谱，但具体到人，无论我心中的预感多么强烈，结果毕竟落空了。落空并不意味着失望。从最初的错愕中，迅速回过神来之后，我开始在内心深处捕捉到了一种久违的认同感，它非常类似于前些年颁奖给布罗茨基、希尼和沃尔科特，在我的文学感觉中激发的审美的欣悦。相比之下，在以往的诺贝尔文学奖构建出来的和诗歌有关的评判趣味中，格丽克的诗歌格局似乎有点偏窄；但这样的看法绝对是一种误解：既是对格丽克的误解，在某种意义上，也是对当代诗歌的误解。比如，在中文诗界最先表现出来的反应中，这种倾向几乎占了上风。一位在当代诗界很有影响的诗人对媒体表示，格丽克只是“略有点流行的学院派的小众诗人，相当杰出，但肯定不是一个伟大的诗人”。还有一批诗人的反应也很典型，他们似乎从格丽克的获奖中看到自身的某种前景：既然像格丽克这样的“小众诗人”“题材这么狭窄”，都能登上诺贝尔文学奖的诗歌神殿，他们的诗歌在即将到来的某一天似乎也有浑水摸鱼的可能。总之，格丽克的诗，让他们获得了一种莫名的自信。

这样，第一个问题就来了。格丽克究竟算不算大诗人？或者更进一步，衡量现代诗人配不配伟大的标准，是否只能以庞德或弗罗斯特这样的诗人来锚定。在我看来，答案当然不是没有争议的。表面上，这样的分歧很容易陷入意气之争，结论似乎只能莫衷一是。但从文化心理的角度深入辩驳的话，就会觉察到，很多时候，在对待像格丽克这样的诗人时，我们既往的流行的诗歌尺度是非常成问题的，亟须深刻反省。格丽克获奖的当天，也曾有媒体电话采访我，针对提问者所称的“诺贝尔奖冷门”，我明确表示，格丽克绝不是什么小诗人；也绝非仅仅写得比较出色，至多只能算是优秀诗人而已；

我的裁定是，格丽克是一位“堪比艾米莉·狄金森的大诗人”。或许，我使用的口径在媒体看来有点惊耸了，最终没有采纳。不过，也有一些当代汉语诗人，比如现今在美国任教的王敖就和我的看法一样。

其实，诺贝尔授奖词里使用的“普遍性”一词，已非常明确地提示了格丽克的诗歌格局：

“那毋庸置疑的诗意声音所具备的朴素之美，让每一个个体的存在都获得了普遍性。”

换句话说，格丽克的诗歌基点，是“个体的存在”，但作为一个自觉的诗人，她为这“个体的存在”设定的诗歌音域，却不限于只是倾诉个人的感受，而是努力从诗歌和神话的关联上，重新展现我们的生命在这个艰难的世界中的神圣性存在：即以希腊神话意义上的“哀歌”为背景，寻觅获得“更高的生命感觉”。在诗人的随笔《诗人的教育》中，格丽克本人也明确讲过她的诗歌出发点是，在这“无助”的世界里，重塑一种“高贵的生活”。这契合荷尔德林对诗歌的本质的认定，也暗合艾米莉·迪金森的做法。可贵的是，格丽克也充分意识到这个世界的复杂性；比如，她并无打算用这“高贵的生活”来取缔充满喧嚣的现实世界本身。那样的做法，对一个有责任感的诗人来说，太草率，也太简单。格丽克遵循的是，她的前辈美国诗人华莱斯·史蒂文斯的想法：我们面对的世界，无论有多少沉重的阴影，在本质上，它是“不完美的天堂”。而假如“不能生活在客观世界里”，是一种巨大的精神缺憾。如果缺乏细致的深入阅读的话，格丽克的诗歌取材，的确容易给人造成某种误解。比如，她的诗歌带有很强的自传色彩，虽然在多个场合，格丽克反复澄清过，她或许是一个“自我中心主义者”，但她绝对无意写“自白派诗歌”。她的早期诗歌被认为是在罗伯特·洛威尔和西尔维娅·普拉斯的双重的影响的焦虑下完成的。这样的评价，有偷懒的嫌疑。格丽克的诗歌师父，是美国诗坛上很有名望的一位诗歌大家斯坦利·库尼茨，公认的“诗人的诗人”。库尼茨的风格——精细的描绘，简朴的传达，富于机智的洞察——这些要素都在格丽克的诗歌中获得强有力的审美延伸。

换句话说，尽管诗歌的取材同诗人的生活经历关系密切，但诗人言述它们的方式，却并不是主观的。库尼茨的诗歌偏爱“寓言诗”的类型，喜好在诗的结尾将诗人的观感提炼为一种寓言式的反观，以获得一种经验的普遍性。就诗的结构方式而言，格丽克的做派也可说是如出一辙。不过，在我看来，格丽克的诗歌实践似乎更靠向一种“激进的审美”：即在我们这个发誓要祛魅的时代，一向爱说自己有“野心”的格丽克要写的是一种变形的神话诗。格丽克的诗歌寓意，仿佛是说，这个世界之所以还能够被容忍，或值得被容忍，就在于我们的经验也是我们的神话。这样，我们对这个世界的体验越是充满矛盾，我们也就越有可能获得一种精神的救赎。像艾米莉·迪金森一样，如何锻造日常经验的神秘性，是格丽克为她的诗歌确立的首要目标。

格丽克也的确写过一首小长诗《哀歌》。这首诗也被公认为她的代表作。非常巧合的是，在最早被译介为中文的格丽克的诗作中，就有这首诗的全译本。彭予教授早在30多年前就翻译了它，并将它收录在1989出版的一本美国现代诗选《在疯狂的边缘》中。20世纪90年代中期，我偶然读过这首诗后，就深受触动，并因此记住了格丽克的名字。不仅如此，我还在私底下做过一个粗略的比较：同样是写神话诗，同样启用了神话的诗意视角，当代中国诗人和当代美国诗人的做法，简直有天渊之别。当时用来和格丽克做比较的当代中国诗人，我选取的是海子和骆一禾。海子的神性诗意书写，完全规避了日常的经验世界，更偏向于幻象体验；诗歌的感情强度源于一种近乎非宗教的宗教情绪。而在格丽克的诗歌中，时常流露的类似宗教情绪的生命感怀（比如格丽克写过很多首以晨祷或晚祷为题的诗），其美学功用意在强化我们对日常经验的可体验性。而作为打开我们反观这个世界的一种方式，日常经验的神秘性，通过浸透着“朴素之美”的语言被捕捉到，再作为一种精神的馈赠，返还给生存的日常性。透过《哀歌》这首诗，我们大约也能窥见格丽克最基本的诗歌想象力：从神话的视角出发，怀着某种哀伤（有时很深，但并未陷入虚无），审视并重新接纳我们不得不生存在其中的世界。《哀歌》这首诗充分展现了格丽克对私人经验的变形能力。从阅读的角度看，这种变形能力，主要体现在格丽克将自传性素材重新拆散，再将它们对应于人类神话学意义上的诗意经验。在“神谕”这一节中，人类和造物主的关系，被作为审视存在的本质的一个对象提出：

他们都很平静，
女人面带悲伤，男人
像树枝一样插入她的身体。

但上帝在注视着，
他们能觉察到他金色的眼神
在大地上开出了花朵。

谁知道他想要干什么？
他是上帝，也是一个怪物。
所以他们等待着，
而这世界充满了他的光辉，
仿佛上帝渴望着一种理解。

诗的画面像纪录片里的远景，诗的语言则像格丽克其他诗歌中的用语一样，风格简朴，极力避免过度修饰。而这种朴素也会导致一个暧昧的后果，如果阅读不走心的话，其间埋伏的深意很容易被滑过。在修辞策略上，格丽克很看重“悖论之美妙”，这也是她自己用过并强调过的一个概念。反映在诗句中，“平静”和“悲伤”之间，就存在着富于暗示的“悖论之美妙”。按常识的标准，既然“平静”，也就谈不上有什么“悲伤”或“忧伤”。之所以会突然冒出一种“悖论”，原因在于这表面的“平静”是来自外部的审视；细究起来，这“平静”更接近于苏格拉底的“无知”，更像是一种对自身处境的浑然不觉。而女人的“忧伤”则代表着对这“平静”的一种本能的反抗。对比之下，男人的表现完全不及格，他的动作倒是看上去很自然，“像树枝一样”，但正是这种肢体的物化，反而抹去了情感的印迹，将创造新生的爱的动作降格为一种非人格的盲目的延伸。涉及这个世界的本质的辨认，格丽克的态度显得很激进，“上帝也是一个怪物”；他好像渴望由男人和女人构成的我们能主动去理解他的意义，去沐浴他的神性的光芒，但造物的同时，却并未真正能赋予我们一种充满自我警醒的感受力。一切只能靠男人和女人的本能来误打误撞。另一个隐含的更深的悖论是，只有我们毫无保留地神秘地理解了上帝本身，上帝本身作为一种存在，才会被我们所理解。显然，这样的互为前提，必然预示着上帝的爱常常被扭曲，因而是“狂暴的”。而这种狂暴又强化命运的偶然性，令存在的真相变得更加晦暗不明。事情进展到这一步，格丽克的意图也或多或少染上了一种启示录的色彩。涉及存在的真相，世界的基调是一种哀歌。这有点像叔本华的想法，但如果从听觉上细细分辨，“上帝像一个怪物”，并不比尼采断定“上帝死了”更委婉。一个人想要有尊严地去面对这个世界，想要承担一种行动的后果，首先就必须要承认世界的哀歌性质。但从过程上看，哀歌其实并不消极，并未失去主动的播放。它甚至可以是对世界的悲剧性的一种纾解。所以，整首诗的结尾，格丽克提醒我们，无论如何绝望，也不要忘记看待这个世界时依然存在着另一个视角：

第一次，当我们从天空
看到它的时候，这世界
一定曾非常美丽。

一首题为“哀歌”的诗，最后竟以“非常美丽”来结尾，确实令人感到意外。意外之余，我们也能感觉到诗歌中的一种强力的反转。世界的真相的确和如何观看它有关。从身边的日常经验入手，我们可以获得对真实人生的一种切实的把握。但整个过程，往往又烙印着“不可承受的生存之轻”。所以，要获得一种开阔的视野，就必须要设法跳出去。只有回到天空，从那里向下眺看，才会发现这平凡的世界曾经多么美丽。天空中的视角，本来是属于神的。而我们借助上帝的视角，反观这个世界时，会发现这个世界有着神性的一面，不全是阴郁的、荒诞的。这个视角的变换，也从一个侧面凸显了格丽克诗歌的情感模式。就世界观而言，世界有绝望的一面，又包含希望的一面。而我们对人生的真实的体验，在于我们应努力在这绝望和希望之间找到一种平衡。用格丽克自己的话说：“这种深刻性创造了绝望，但也点燃了希望。”而诗人的任务，就是通过诗歌，寻找到一种“智力替代”。

毋庸置疑，由于自觉地寻找这种“智力替代”，格丽克的诗歌情感模式看起来更像是一种切实的富有成效的精神治疗。根据诗人的经历曝光，格丽克早年写诗，确实像是从精神分析的角度来治愈她的一种神经官能症：对食物的厌弃。诗的情感书写和诗的治愈的关系，可以作为格丽克诗歌的一种重要特征来看待，也是我们从更深的审美层面领略格丽克诗歌的一把非常关键的钥匙。曾经有过一种舆论，即用于精神治愈而书写的诗歌，通常都不会太出色。或许由于目标设定得太明确，或许由于太急于达成一种心理效果，诗的治疗一开始可能会从素材的角度，唤醒一首诗的文学动机；但诗的治疗也会限制诗的意图的自由延展。比如，人们对美国自白派诗歌的一种抱怨：书写通过痛苦，虽然起到了情绪宣泄的作用，但最终也让诗的意图降格为一种痛苦的表演。在这方面，布罗茨基的训诫是很严厉，真正高傲的诗人根本就不屑于展示个人的苦痛。而在格丽克的诗歌中却存在着大量对个人的苦痛的抒写；我们读这些诗的时候，丝毫不觉得诗人是表演自己的心灵创伤。书写生命中的黑暗情绪，却不深陷其中，无以自拔，格丽克的确找到了一种有效的表达方法。一方面，她惯常采用的抒情姿态是辛辣的，甚至显得冷峻。比如在《白玫瑰》的开篇，诗人就采用了尖锐的语调：

这是尘世吗？那么
我不属于这里

在《野鸢尾》中，也有这样的阴冷到严厉的措辞：

在我痛苦的尽头有一扇门，
……你称之为死亡。

从语言策略的角度看，这种凌厉的做派，会减少不必要的词语的缠绕，让诗的情绪始终处于一种高度警醒的亢奋之中。这看上去有点像语言的一种升温。从这个角度说，格丽克的诗歌始终包含一种音质迷人的雄辩。这一点，和艾米莉·狄金森的措辞风格也很像。两位女诗人都深谙人类的困境，而都自觉不自觉地发展出一种雄辩的节奏，来对抗来自外部世界的侵蚀。另一方面，格丽克的诗歌智性也很发达。正如她自己表白的：“如果不能精确、清晰地说出观点，说话就没有意义。”这种语言意识，有助于诗人克制地使用语言，找到语言内部的平衡点，以达成对生活真相的一种深刻的洞察。从诗歌场景看，诗人偏爱的对话模式恰好可以有效地优雅地传达诗人的智性思索。《信使》这首诗就表达得很典型：

你只有等待，他们会找到你。
雁低飞过沼泽地，
在黑色水面闪亮。
他们会找到你。

这首诗的对话情景几乎反复重现在格丽克的诗歌中。它把我们的生存感受通过内在的对话扭转到幻象的一面，这倒是很符合美国哲学家苏珊·朗格的一个定义：诗是幻象。格丽克的诗，之所以迷人，或许也在于她喜欢用生命的幻象来打磨存在的真相。在《信使》中，“你”几乎可以是任何人，甚至可以是一首诗。只要能充分自觉到自己的存在，你总会被找到，被发现。

所以，格丽克也代表着一种低调而又顽强的希望诗学。

2020年10月

译介

Translation

John Ashbery

1927——2017

American

poet

约翰·阿什贝利（John Ashbery）

约翰·阿什贝利（1927—2017），无疑是二十世纪后半叶，乃至二十一世纪前十几年，美国诗坛最重要和最有影响力的诗人之一。他一生创作颇丰。美国国家图书馆为他出版了厚厚两卷本的诗集，收录了从1956年的《一些树》到2000年的《在此留名》等近千首作品，其中有著名的长诗《凸透镜里的自画像》、海伦·文德勒激赏的散文诗集子《三首诗》以及阿什贝利本人喜欢的两百多页的长诗《流程图》。这是美国国家图书馆第一次为一个在世的诗人出合集。在新的世纪，阿什贝利又创作出版了七本诗集：《传话游戏》（2002）、《我将去何处游荡》（2005）、《尘世之国》（2007）、《星座图》（2009）、《简单问题》（2012）、《通风廊》（2015）和《群鸟的骚动》（2016）。

约翰·阿什贝利晚期诗选译（13首）

少况 译

哈罗德·布鲁姆认为，阿什贝利的诗歌创作与惠特曼、狄金森、史蒂文斯和哈特·克莱恩一脉相承，当代美国诗人中，极少有人像他那样会经得起时间的考验。阿什贝利自己承认早期受奥登的影响。他旅居法国十年，又做了许多年艺术评论，超现实主义和抽象绘画可以从他梦境似的语言意识流中窥见。阿什贝利十三岁时，他唯一的弟弟死于白血病。他从法国返回，一个重要的原因是他父亲去世，作为独生子，要照顾母亲。他与母亲有着非常亲密的关系。他六十岁那年，母亲也去世了，在朋友的建议下，他写了一首长诗《流程图》作为纪念。全诗两百多页，他后来对外界说，这首诗是自己最满意的。评论界也认为这首诗是他中期创作的结束，后面的创作为晚期。在此后三十年的创作中，阿什贝利一直在吸收着新的语汇，让自己保持开放状态；互联网的时髦词语巧妙地进入他的作品中，早期的美国电影、流行歌曲和卡通人物，在他对时间、死亡和艺术的吟咏中俯拾即是。诗中的语调也更为轻松，句子如格言般简洁，像一位绘画大师，随意地往画面上泼洒色块。

下面所选的几首作品译自1992年出版的《洛特雷阿蒙酒店》和1998年的《不眠》。

小黑连衣裙

我们最蔑视地试图解开的一切
是等待，靠近小径。是的，
但步伐既轻松又坚决，
从下面往上游。你的计划听起来不错。

我曾经在奥马哈认识一位褐发女郎，
他说，这个我们听上去像新闻。他离开
卡车没多久。在阴湿的地面上，新的
柳树叶散落，责备着他和我们。
为什么陶土不能把我们粘合得更加紧实平静
直到他能够阅读，
从这些符号中有所获益，它们每天
到来，像字母，啊，不在空房子里。

美国酒吧

我们每天烘烤十二种松饼，
而我们冷漠，内心不安。
我担心他的坐骨神经痛，虽然
我们从未做过恋人。
让我纪念这个垫子，伯爵
先生，他会是体面的，
在这个从一切事物中散发出的雾中，
虽然空气清新，阳光明媚。想到
游荡下去，到河边去
看看水。它总是有这么多要说，
比倒放的雨桶在盛日时

还多。去看笼子里的猴子。
明亮的眼睛一遍遍在尽情享用。

在一根拉链随意的轨道上，我的阴茎
卡住了，打那以后，一直那样子：
在没有陷阱活着的地方，脚步停止，最好
是减弱，然后结束。也许生活在北极圈
更好，那里楼房朴素，
没有树木吟唱。一个人可以感觉完全在室内。
无线电演奏瘦长的一曲；
墙上有斑点来自你关在门外
或留在屋里的湿气。我忘掉了是哪一个，
以及一只鸟长什么样。冬夜絮絮叨叨
几百年了，让我们平静的实际上
是看见一个空的笼子，
和几个孩子画的它。

喔唷，我们已经跑着，模棱两可地到这里，
发明了什么标志？我们爬离什么，
到更低的层面？什么紧凑的楼梯
安在这里？或者我们是否害怕最后说了算，
删改了彼此的谵妄？而它把我们从书里吓跑？
不管怎样，玩得开心。野猪们
那时候会在附近，如你所知。

私人句法

我已然承担的义务是不讨人喜欢的一种。
我将很高兴，在继续示威游行，追求

平等的新标准之前，回到彩绘风景
和马车之城。雨水冲洗烟囱里面；

巨大的工作小组，把我们拉进不明智的信心，
用霓虹重复渐强：这个真是太嗜血成性了，

所以为何在边缘上战栗？跳吧，如果你一定要，
只是不要因为你给自己带来的责怪那运转，

用一种狂热的潜在音乐往别人身上刷沥青，
它关心自己，不喜欢罩着油光环的水坑，

同样不喜欢人类实验。它的风格降低了你
关于它的全部沉思，直到你以为自己想出了办法：

不管是什么，别分享。别那么特别、愚蠢或有礼貌。
早晚葡萄长胖。波浪又接受一件家务活或一片海岸，

一切得以完成，被平均分配进你降低
工作量，实际上是为了换个口味挣一些钱的计划。

快　乐

把它想象成某个解放了神的怪念头，
天堂和皇帝的耗子们将它拘押
在无聊的省份。阁下的盛怒
在这些时候冰冷，把失败板上钉钉，
用清晰易懂的句子解释到底哪里
出了错。另外，不完美的拥抱像持续音
从过去继续。所以，不是那个

原始单据里归因于“我”的你，
追求我们的优势也不会更安全，尽管是
轻微的优势。场景是经典的；
最后的旋风腐蚀成恐怖。

在这样的规模上活着。一个旧鼓
坍塌如灰尘。明天在睡眠的
多样性中寻找它，
那应许的风景。

关于赤胸朱顶雀和枯燥的时间

你说，关于每一样也许是
一个人的东西，你不想知道
更多的。它会是骗人的。这个紧迫。
如果我们用如此多的方式表达，
让它们全部被删除。
这样的话，我们会知道你在老去。

我感到抱歉，为每一个不得不死的人。
所期待之事的线条
如节拍器扇形般散开。仅此而已，
我以为。但现在我丢失东西。
坐便器漂亮的形状，随着
防空演习结束，插入一种生存力。
我们必须做点什么。
他现在也许在那里，试图找到我们。
如果你允许，我会开车带你回露天游乐场。

徒劳，所以

漂流物叹息，
淹没前厅，
脆弱的暴力蚀刻
在船长的额头上：

一些在倒数第二站下去；
运气差点，
在途中迷了路，
松树和雾延绵
直到出口小门

取代了昔日人类时代的思想。
我们，这是有道理的，
过着淫荡的生活，和熊在一起。

非常少的一些携带着足够的能量，
创造一种运动的键合排列。
这些就是所谓的伤心者，
独自在餐厅吃饭，
擦干他们的头发……

蒲公英死去了，是夏天的
泥。它们
谈起烤肉，是忘却，
但十年以远，
瀑布，未用过，
被毁了，它被毁了，不是要站立。

你袜子上的一个洞

你在一个城市散步
好像在某处转了方向。
他们伸出胳膊，摸手。
事情就是这么做的，每一天。

我的电话被窃听。
我想打电话给警察。
不，不明显，“诉讼”的
部分，
消息顺利地获得了掌控权。

我们沉思死了很久的甲壳动物的
外壳，等待青铜时代结束。
我们走得越远，情况越糟。
他们把我们的小雨衣还给我们。

然后政府开始插手
其他人挤进挤出。
太好了，勉强称得上是
圣徒。你必须接受它。

他们只是……死了。就这样。
当我们在偶然的
天气里回来，
魅力已经增长到天外，

且如此当代，
如同一个成分应该的那样。
班长们，令人乏味的演员们

开始跑龙套。一滴泪水
悬在半空。

海港活动

前景：房顶和更多的房顶。
也寻找一个街道导览：
任何会吸引一个名字的东西。

但并不意味着新诞生的
团聚在一起
将流氓无业者塑造成确定的形状，
像一根椽子。凝块，
布缝，倒放的
微风，没有人类巫师能够想象到。
他们拆除的摊位在争辩，
晦涩难懂。不错。一个月以后，
当自行车之眼仔细观察了
这片风景，我们会变得乏味，无所不知。
每只手都是一个玩家；
每个玩家都是一个新手。

像垂钓者投饵钩取意识，
你让他们停下来，羡慕你。
有什么形式比这个更了不起，力量更强大？

这种在某个人早餐的报纸上
完全铺展开来？
不过是小事一桩，

对钢琴左手而言，
对钢琴四手而言。
后来，我们去坐火车。

晨　曲

我的朋友，你好吗？
在这座衰败的夏城，我
满嘴面包屑，写着信，
而红宝石颗粒庄严地
沉到日子的底部，其他的往上飘，
经过它们，进入某种说到云的事物。
我们是否都知道我们被切成片——
惊恐，更准确地说，同时作为鬼魂来的
作为街头生活继续，停下来
系上长袜，闹腾，被责备，
满是分离？
啊，如果是一本书的厚度，
夹层的，或更糟糕，进入章节的意义，
它们相互重叠，像一匹马的毯子。
但凡是猛涨的，将会。

改天，他把它比作巴黎
喧闹的交通，一切开始看上去多么昂贵；
后来，一只麻雀。另外，他们都从车里出来，
弯腰，注意到。然后第一个已经
升起，在男人们的眼中。她的泳装
得了第一名，但我必须说气候
从未培养更多的运气，也没有出来，如同非凡的
铅笔画的东西，搭在房顶上，

为了让大家看见，直到他们看见了，因此产生的淘金热
让我们身陷囹圄。这里，像往常一样，一些
是信徒。一流的成就者。
用这样的方式，一个人做了它，
然后成为他自己。一个拉起的
天窗搭扣这样的小事情
再也没有使冬天，那只小猫生病。

到了晚上，只有思想下了雨。

法国歌剧

你好。我是鲍勃。
长距离飞行结束
他们已经返回
他们在地上的住所。

心爱的过去
在附近，审慎的乐观：
我已经把这么多图纸铺在
空空的原来的广场上，它
几乎将人物绑到
地面，情节绑在腐烂的
角色上，去年和明年捆绑在一起。

我就像一个图纸保管员：
它们易碎，有时孤独，
如同最好的朋友立在过去的奏鸣曲
那深色的蕾丝上。只是别让我
给自己的脸划格子，用曾经

去过哪里，被从山中带下来，
出庭作证，毫无意义地再返回山上
这样的蛮勇，速记员提醒
我们。我们在努力
坚持它，给你一些钱告诉她
你在这里。在应答歌里，我们可以
让它去某个地方，绕着跑道
转圈，如果你愿意，但我们知道
他们在哪里教书？他们唱歌吗？

在法国歌剧中，比如，夏庞蒂埃的
《朱利安》，问题总是听众的：
努力去完全理解它，同情
里面的人物，仍然对我们自己，
对其他人勤劳的，不，积极的所作所为
保持信心，回报
总是在
下一个院子里。

仍然没有楼宇倒塌。
援军在路上。
有大批的彩色
意象要分类筛选，
小心不要把任何一点
弄在谁的衣服上。有叉车
和软呢帽。总之这就是那个
你曾经想要了解的旧教堂
场景，除了移动的沙子那时
一如既往地覆盖了地板。
你也许想在椅子里换个姿势。

如何继续

啊，曾经有一个妇人
开了一家商店
卖小首饰给码头
附近的游客
他们来看偏僻岛屿上
生活是什么样的。

那里总是举办派对
总是不同却非常好的
新朋友给你忠告
或爱上你，真是不错
每个都如此完美地从对方那里成长
它是一个诗歌和反讽的
奇迹

在这个不安全的地区
很多吓人和肮脏的东西
但好像没人
太介意
派对从一家开到下一家
商店四周到处是
朋友和恋人
冬有月光
夏有星辰
每个人都开心发现了
他们所发现的

后来有一天船开走了
不再有做梦的人只有睡着的人
态度沉重地在码头上
移动，仿佛他们知道
在小首饰和纪念品中间
随意的现代家具店
和一阵大风如何来了并说
是时候把你们所有人
从树顶上带走到如此惊吓的
小径上的小房子里

而当到了该走的时候
他们没有人会抛下对方离开
因为他们说我们在这里如同一人
如果我们中一个走了另一个不会走
风将它向星辰低语
所有人都起身走了
然后回首爱情

（以上译自《洛特雷阿蒙酒店》）

公园的负担

每个都真正是独特的一个，
你说，或者，也许是，每个
都是真正独特的一个。
我嗅着其中的区别。
它像是老房子里的灰尘，
或那里面的水。然后你来到
一个令人兴奋的部分。

强盗和瞎子的
女儿订了婚。从每一扇门出来的
饲料甜菜，向旅行者致敬，
然后走了。或者流浪艺人们更加融化的步伐，
每个都挎着一个晕倒的可人儿，每个
都整洁，就像一个人关于阳光下万物的想法是整洁的。
金刚狼们
回来了，和他们的教练一起，还有夜，
黑色的蝙蝠的夜，比任何蝙蝠都黑。

对了，告诉你一下，这里是坠落处，
给水的，少女们在那里漫步，叔叔们
看见好东西时能认出。
整个是一个大公园。
它不是膝盖受伤，也不是邮票贴在火星上。
它是以上一切，也有其他东西：
绷紧的观察者出场的五月一个无名的早上。
长沙发上的一个内胎。

然后我们漂下大阵列河，每个
都在我们的内胎里，每一个一种不同的颜色：
我的是柠檬绿，你的是开心果绿。
而水流又对我们咕哝了一天
小心你们的背。你就
这么肯定我们还没过球门柱？你不
重新再考虑一下吗？让我重返源头？真的，
特丽克西，水会说话！像一个男孩，
它说话，我不那么肯定这一切多么少，
有多少大惊小怪根本不应该。当另一个男孩来到
瀑布的边缘，打电话，因为天晚了，
我们不会为没有发明这个，让他半途而废

而感到抱歉吗？然后，足够肯定的是，起伏的
石楠要求撤换作伪证的，它们像丝带
在硬风中飞舞，告诉我们：我们曾经犯过
一些错误，好像是，现在我们要被审判，除了
它没那么糟糕，有人告诉我会放过你，
我们都能回家，再次逗留和微笑，饱受
内疚般阴险的咯咯笑折磨。与此同时，玩杂耍的蜂拥至火山
僵硬的侧面。我们相信它是天涯海角，现在是
六点钟，獭鱼已经回家。

一次，在曼纳哈塔荒凉的岸上，
我垂钓活力鱼，一无所获，除了
一两个橡胶活塞。那时候
它很差。现在一切令人愉快。
我在想，它有区别吗？
水手们是在他们焦虑的
船甲板上挥手吗？我们
并不妒忌，生活如此充满了
这么多的小骚动，取决于
谁能抓住他的（或她的）。小提琴把生活切碎成
可控的大块，小提琴手不知道
他在打动谁，也不关心人们为何应该被打动：
他的心思在结果上，完成给他安排的任务
那不同寻常的责任。你想象他比你境况更好吗？
我的双脚麻木了，我只是问他，你如何把这个从这里运到那里？
有没有平底驳船？蜈蚣有多少条腿？
（用明天的版本回答）我听见鹤唳，
告诉时间快没了。它是比利时的，
它们以为。没人为此开夜车，
但不管怎么，我想有朝一日我将成为一个学者。
那些时辰适合我。还有女孩们进出教室戴的

橡胶胸花。当然，我最后会是一个书呆子，不得不坐在
角落里，但那是令人兴奋的冒险的一部分。我知道事情
不同又一样。现在但愿我能告诉你……

我休息的时间已结束。
我将越过秋天，然后哭着回到
你们大家那里。那些年，和平来了又去了，我们父亲的车
随着季节改变。我们周围的人都在战斗，春意盎然。
现在，奇怪的是，它结束了。我将不介意那些曾经困扰我的
空置房屋。我知道它全是真的。小流氓
色眯眯看着马蹄莲：也许只有指尖是令人兴奋的，
它想到，再处理掉一个满蒲式耳的成熟的乡愁。
也许太晚了，
也许他们今天来了。

新建筑

伙计我能记住二月何时
枯竭，一点也不仁慈——平等派
过去了，就像是夜晚和火
和更多的宁静。他一小时后返回。
永远被搞懵的看门人，试图杀死
那些在晚间新闻上办理
移民手续的人们，
在去北极圈途中一路得到支持。

姑婶们出门，进了舒适的
光辉地带，我
注意到这光辉带着她们名下的茶壶，
如同生育，那么她们可以生个芬兰。

它是一种养育。我注意到她们
将我们薪水翻番。到下午六点，
全结束了。

很多事业以后，他
进来，弄伤了自己。我
看见许多樱桃炸弹。这是一个人
偶遇的地方吗?
如果这样，淘气鬼们都在做什么?
啊，她警告说就是去街区的尽头，
那里，齐膝高的郁金香噘嘴，一切让人安心，
因为它们宁愿不让你相信。那个
能清理一切吗?是的我这么想是的我
想看见邀请证明:
一个手印。我很抱歉，这些是无法原谅的。
我会痛打，或掸干净自己;
与此同时在林中空地，他们在倒什么。
你认为你会好心进来

然后在马尊重机械化捷径的地方起作用?
不如说他进来，弄伤了自己，
现在风笛手没剩什么可哀悼，
白天只能喘气，逆时针地
走下漏斗。它刚好合适，
让你在大草原上垂直
启动螺栓，燕鸥从那里离开，
带着几声手套一样的尖叫，
等待冰箱，它将把我们都
放在数字菜单上。
等一等，有情有可原的情况，
而我只是一个流浪汉;

无论什么和天气一起进来，
在房间的角落里失去物质性，对我
自己和周围其他人，我就是如此。
但是你怎么去为在天空中

投下剪影的脾气暴躁者辩护？
就这样吧，我不辩护；全是残羹冷炙，
我为何在哭泣，
当小船们穿过
狭窄的航道，
这么多年，离开培根夫人家
我穿着灯芯绒内衣，
他们朝我倒灌回来的样子，
像陀螺仪里的抱怨，
或一浑天仪的烦恼。
然后她建议拿这根针
穿上线，为了两条你已经
错过的消息。

我不会发动另一场爬行动物战争；
我望着空中雷鸣的科莫多龙群的尽头。
不然我睡在屋檐下；卷心菜
傍晚给我做伴，是任何人
想要的全部社会交往。是的，
我坚持针线活，书信门的
轮询调度，无论哪里一个备用的邮局雇主
用废除的双关语向我们征税：我们
就在那里停下，安营扎寨，
我会告诉你事情不会更容易，
只会更难。
就这样，他们

出发，仅是一束
茎，用来做图腾。
我一遍又一遍坐在现场，
让它吸收艰辛工作，
零敲碎打的对账，洗衣中
被擦掉的洗衣店标记，季节性
野兔和欢乐以及其余的，
其余的。

（以上译自《不眠》）

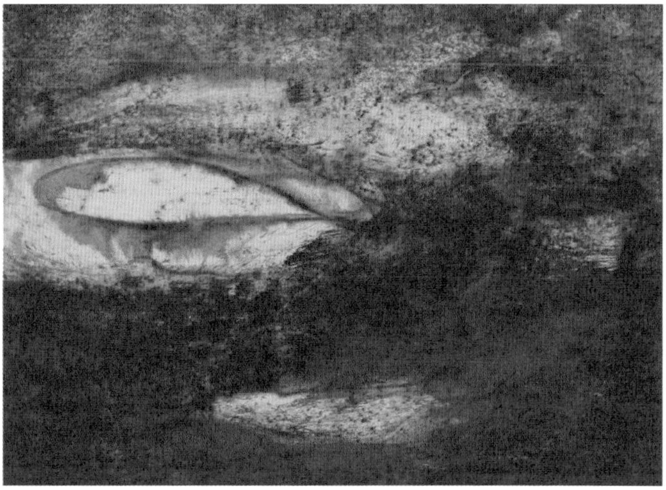

杨键作品
《芒鞋》
29cm ×20cm
纸本水墨
2010

杨键作品
《芒鞋》
30cm ×20cm
纸本水墨
2017

图书在版编目（C I P）数据

诗建设. 2021年. 夏季号 / 泉子主编. -- 武汉 :
长江文艺出版社， 2021.7
ISBN 978-7-5702-2215-5

Ⅰ. ①诗… Ⅱ. ①泉… Ⅲ. ①诗集－中国－当代
Ⅳ. ①I227

中国版本图书馆CIP数据核字(2021)第105644号

诗建设. 2021年. 夏季号
SHIJIANSHE. 2021 NIAN. XIAJIHAO

主　　编：泉　子　　副主编：江　离　胡　人　飞　廉
责任编辑：王成晨　　责任校对：毛　娟
装帧设计：杜　娟　　责任印制：邱　莉　王光兴

出版：长江出版传媒　长江文艺出版社
地址：武汉市雄楚大街268号　　邮编：430070
发行：长江文艺出版社
http://www.cjlap.com
印刷：武汉市籍缘印刷厂

开本：720毫米×1020毫米　1/16　印张：13.75　插页：1页
版次：2021年7月第1版　2021年7月第1次印刷
行数：6326行

定价：36.00元